인생도 통역이 되나요

일러두기

- 본 도서는 국립국어원 표기 규정 및 외래어 표기 규정을 준수하였습니다.
  다만 일부 입말로 굳어진 경우에는 저자의 표기를 따랐습니다.
- 도서명, 잡지명은『』, 드라마명, 영화명, TV 프로그램명은 〈 〉로 표기하였습니다.

인생도
통역이
되나요

제대로, 유쾌하게 말보다 중요한 진심을 전합니다

국제회의 통역사 정다혜 지음

지콜론북

목차

프롤로그 6

1장 직업으로서의 통역사

한 평 반, 통역사들의 공간 12

UN에서 일하게 되었다 21

한미 FTA 오역 사태의 한가운데서 32

정확도와의 싸움 45

초보 강사의 분투기 54

법정에서도 통역사가 필요하다 62

세계 정상급 리더들을 만나다 70

통역사의 직업윤리 78

2장 통역사의 프라이빗 라이프

나를 통역사의 길로 이끈 사람, 해리슨 포드 88

영국에서 만난 지원군 94

매너가 통역을 만든다 101

또 대학원에 입학했다 107

법을 말하는 통역사 114

돌발 상황이 발생하는 아찔한 순간들 124

슬럼프 극복하는 법 133

3장 통역사의 길을 걸으려 하다면

치열한 통번역대학원 라이프 140

통역사의 Job Interview 149

통역사는 어떻게 영어 공부를 할까 158

통역은 스킬이다 170

AI가 통역사를 대체할 수 없는 이유 179

가치는 스스로 만든다 191

국제회의 통역사.

흔히 동시통역사라고 부르는 경우가 많지만 정식 명칭은 국제회의 통역사이다. 동시통역은 국제회의 통역사가 하는 여러 유형의 통역 중 하나다. 통역사는 정부 기관, 회사, 연구소, 학교, 스타트업 등 크고 작은 회의부터, 대형 행사장이나 호텔 내 대규모 회의장에서 개최되는 국제회의와 세미나, 각종 기념행사에 참석해 통역을 한다. 그리고 정상회담, 기자회견, 인터뷰에 이르기까지 TV나 라디오 생방송에서도 활동한다. 두 개 이상의 언어가 사용되는 곳에는 늘 통역사들이 있다.

연사가 말하는 동안 노트 테이킹을 하면서 내용을 기억했다가 통역하는 순차 통역, 연사가 말하는 것과 동시에 통역 부스 안에서 다른 언어로 통역하는 동시통역 등 통역의 형태도 다양하다. 필요한 경우에는 무대 위에서 영어 MC의 역할도 하고, 기업의 경쟁 입찰 영어 프레젠테이션을 하기도 한다. 그야말로 전천후 멀티 플레이어다.

회사나 조직에 소속되어 인하우스 통역사로 일하기도 하지만, 프리랜서로 활동하는 통역사들도 있다. 통역사라도 서로 같은 일을 한다고 생각하기 어려울 정도로 활동하는 모습이 각양각색이다. 그러다 보니 이 직업은 '통역사'라는 한 단어로는 쉽게 설명되지 않는다. 이 세계에 있지 않은 사람들이 우리의 일에 대해 제대로 알고 있는 경우도 드물다.

일하면서 정치, 외교, 법률, 금융, 문화, 예술, *IT* 등 수많은 분야를 접하고, 사회 각계각층의 사람들을 만난다. 그리고 각 분야의 배경지식을 끊임없이 공부한다. 그러면서 세상을 이해하는 시야가 넓어진다. 또 서로 다른 문화가 만나는 접점에서 통로 역할을 하다 보면 유연한 사고를 갖추게 된다. 반면, 통역은 부지런히 갈고 닦지 않으면 금세 삼을 잊어버리는 스킬이다. 매번 자신의 실력을 냉정하게 평가받는 직업이라 잠시도 긴장을 늦출 수 없다. 법률 분야의 통역을 한 지 꼬박 10년, 이제는 더 이상 내가 해보지 못한 형태의 일은 없으리라 생각했는데, 느슨해지려고 하면 어김없이 나의 부족함을 깨닫게 해주는 상황들이 생긴다.

통역사에게 다양한 가능성이 열려 있다는 말은 어느 방향으로 나아갈지 스스로 고민하고 결정하지 않으면 같은 곳에 계속 머물러 있게 된다는 뜻이다. 통역사로서 누구보다도 다양한 법률 분야의 일을 꿰있다고 싶으면서, 미시에 동시에 스스로가 법조인이 아닌 데서 오는 한계에 부딪혔다. 늘 자괴감과 싸워야 했다. 한 가지 확실한 것은, 자신이 어느 방향으로든 한 발짝 내딛지 않으면 아무 일도 일어나지 않는다는 사실이다.

사회 초년생 때는 몇 년 뒤면 모든 걸 더 잘 알게 되고, 고민도, 실수도 하지 않는 통역사가 되겠지 하고 막연히 기대했다. 하지만 그런 일은 일어나지 않는다는 것을 이제는 안다. 한 가지 다행인 것은 그동안 거쳐온 많은 시간 속에서 나 자신이 조금은 더 단단해졌다는 것이다. 어떤 일이 있더라도 의연히 받아들일 수 있게 되었다.

스스로 한없이 작아질 때마다 위로가 되었던 것은 명쾌한 해결 방법을 알려주는 조언이 아니라 '나만 그런 것이 아니니 괜찮다'라는 말이었다. 영화배우 앤 해서웨이가 골든글로브 시상식에서 여우조연상 트로피를 품에 안고 수상소감으로 이런 말을 했다.

"Thank you for this lovely blunt object that I will forevermore use as a weapon against self-doubt.

고맙습니다. 이 예쁘고 뭉툭한 물건은 스스로 회의감을 느낄 때마다 그것을 물리치는 무기로 사용하겠습니다."

내게는 이 책이 그러한 '*lovely blunt object*'가 되어줄 것이다. 이 책을 손에 든 이들에게도 어떤 길 위에서 시행착오를 겪고, 고민을 거듭하고, 숱하게 흔들리고 있을지라도 '혼자만 그런 것이 아니니 괜찮다'라는 따뜻한 위안이 되어줄 수 있기를 바란다.

정다혜

1장   직업으로서의 통역사

'*On Air*'에 불이 들어오고 생방송이 시작되듯 통역 부스
안에 가득한 긴장감을 뚫고 통역기의 빨간 스위치를 켜는 순
간, 내 입에서 나가는 모든 소리는 마이크를 통해 숨소리까
지 온전히 전체 회의장으로 전달된다. 동시통역은 생방송이
다. 그리고 매번 다른 분야, 다른 주제, 다른 연사의 말을 통
역한다. 오늘은 대통령의 말을 전달했다가도 내일은 과학
자, 그다음 날은 예술가, 법조인 등 다양한 직업을 가진 사람
들의 말을 전달하는 통로가 된다. 애드리브가 생방송의 묘미
라고 하지만, 통역사들에게 예기치 못한 상황이 발생하는 것
은 경력에 상관없이 심장이 발등까지 떨어졌다 다시 제자리
를 찾는 아찔한 순간이다. 사회 초년생일 때와 비교해 나아
진 점이 있다면 외부 요인으로 인해 통역에 지장을 받은 경
우 내 뒤으로만 여겨 자책하기보다 통역사로서 최선을 다한
것으로 위안을 삼아 앞으로 대처할 방법을 궁리한다는 것이
다. 결국 답은 없다. 불안을 극복하는 유일한 방법은 마지막
순간까지 공부하는 것뿐이다.

통역은 별다른 준비 없이 행사 당일에 즉각적으로 이루
어지는 일이 아니다. 이렇게 비유하면 조금 이해가 될지 모

르겠다. *10년 차 베테랑 가수에게 처음 보는 악보를 생방송 직전에 쥐여주고, 바로 무대에 올라가 노래를 부르라고 하면 잘 부를 수 있을까. 그나마 악보가 있는 것만으로도 다행일 것이다. 악보도 없이 처음 들어보는 반주에 맞추어 노래를 부를 수 있는 가수는 과연 몇이나 될까.*

통역은 자료와의 전쟁이다. 보통 각 분야의 전문가들이 오랜 세월 연구하고 쌓아온 지식을 다듬어 많은 사람 앞에서 발표하는 자리기 많기 때문이나. 이때 통역사들은 회의장에 모인 전문가들만큼 해당 분야에 대해 충분히 이해하고 있어야 한다. 그래야 그들의 말과 대화를 알아듣고 그들이 사용하는 언어로 전달할 수 있다. 그러나 통역사에게 주어지는 준비 기간은 보통 길어야 1~2주 정도다. 연사들도 마지막까지 자료를 수정하느라 통역사들에게 최종 자료가 전달되는 것은 회의 전날인 경우가 많다. 이 말인즉슨, 하룻밤 안에 고도의 전문적인 내용을 공부하고 용어를 외워야 한다는 뜻이 된다.

심지어 어떤 이들은 사전 자료가 없다고 했는데, 정작 연단에 올라가서는 윗옷 주머니에서 두툼한 원고를 꺼내 줄줄 읽어 내려가기도 한다. 눈으로는 강렬한 원망의 레이저를 쏘면서도 입으로는 아무 일 없다는 듯 평온한 목소리로 통역을 해야 하는 상황과 마주하게 된 것이다. 그러다 보니 주최측 담당자에게 자료를 미리 전달해달라는 요청을 계속해서 하게 된다. 하지만 담당자가 자료의 중요성을 모르는 사람일 때는 자료가 없으면 통역을 못 하는, 무능력한 통역사 취급을 받기도 한다.

통역은 회의의 중요한 일부이다. 회의가 진행되고 끝나는 순간까지 연사, 주최 측, 통역사 간의 협업이 중요하다. 통역을 통해 진행하는 회의와 그렇지 않은 회의는 기획단계에서부터 달라야 한다. 모든 내용이 통역으로 전달될 것을 고려해 통역사들이 사전에 해당 내용을 충분히 숙지할 수 있도록 발표 자료와 가능하다면 참고자료까지 미리 전달해주어야 한다. 이는 회의를 주최하는 사람들의 책임이다. 그렇지 않고서 통역의 퀄리티에 대해 불만을 제기할 수는 없다고 생각한다.

통역의 중요성과 메커니즘을 잘 아는 연사들은 자신의 발표 내용 중 특정 단어로 통역해주길 원하는 부분에는 영어 또는 한국어로 표시해준다. 한국어로 발표를 하다가도 중요한 전문용어는 영어로 다시 말하기도 하는데, 그 신호를 통역사들이 놓칠 리 없다. 통역사들이 봉준호 감독을 높이 사는 이유는 자신의 말이 통역될 것을 인지하고 말을 한다는 점이다. 이렇게 연사와 호흡이 잘 맞으면 더 좋은 통역이 나갈 수밖에 없다. 자료를 미리 주지 않아도, 말의 논리가 없어도, 주어가 누구인지 알 수 없게 중언부언하더라도 통역은 알아서 매끄럽게 나가겠지 생각하는 것은 착각이다.

통역사들은 으레 통역을 준비할 때 징크스나 나름의 의식이 있다고 하지만 나는 없다. 전에는 장비 업체에서 준비해주는 헤드폰을 그대로 사용했는데, 이제는 내게 맞는 인이어나 헤드셋을 가지고 다니는, 소위 장비발이 생긴 정도다. 행사장에 도착하면 제일 먼저 통역 부스의 위치를 확인하고, 사운드 체크를 한다. 부스에서 연사의 모습과 발표 자료를 띄운 화면이 모두 잘 보여야 하는데, 너무 멀거나 시야를 가리는 장애물이 있지 않은지, 인이어로 들어오는 사운드의 크기는 적절한지, 노이즈가 심하진 않은지 등을 체크한다. 그러고 나서 새벽까지 열심히 외운 용어들을 적어둔 메모지를 내 눈높이에 맞게 붙여둔다. 노트북과 사료를 세팅하고 마실 물과 커피까지 준비하면 끝.

회의장에 사람이 많은 경우 통역 부스를 가리고 서 있는 이들이 종종 있다. 소리만 원활하게 들리면 된다고 생각할 수 있지만, 통역은 연사의 말만 단순히 기계처럼 다른 언어로 전환하는 것이 아니다. 말하는 사람이 전달하고자 하는 메시지, 말의 미묘한 뉘앙스까지 캐치해서 전달해야 한다. 그러다 보니 말을 하는 연사를 내 눈으로 보면서 함께 호흡하지 않으면 효과적인 상호작용이 불가능하다.

예전에 한 국회의원이 미국에서 돌아와 공식 석상에 처음 모습을 드러낸 하숙 세미나에서 동시통역을 한 적이 있다. 각종 매체의 취재 열기가 뜨거웠는데 기자들과 방송사 카메라들로 통역 부스 앞이 꽉 막혀버렸다. 국회의원이 오늘 행사는 기사화되지 않았으면 한다고 양해를 구하며 기자들에게 나가달라고 정중히 요청했는데도 그들은 꿈쩍도 하지 않았다. 그러니 부스 앞을 가리지 말아 달라는 통역사들의 얘기를 귀담아들을 리 없었다. 하는 수 없이 시야가 막힌 채 답답한 상태로 통역을 겨우 이어갔다. 엎친 데 덮친 격으로 그날 발표 주제는 동북아평화번영공동체*NCPP* 구상에 관한 것이었다. 국회의원은 지도를 가리키며 우리나라에서 시베리아, 중앙아시아, 유럽, 중동, 북아프리카 등지로 이동할 수 있는 여러 루트를 설명했다.

"자, 여기서 이쪽으로 갈 수 있겠습니까? 이쪽으로 가면 이렇게 막히니, 여기서 이쪽이 아니라 이쪽으로… 다시 저쪽으로 해서 이렇게…"

지도는 보이지 않았고 "이쪽", "저쪽"이라는 말만 수없이 반복되었다. 어디서 어디로 간다는 것인지 도무지 파악할 수 없어 결국은 온전히 말에 의존해 "이쪽"이라고 할 땐 *"this way"*로, "저쪽"이라고 할 땐 *"that way"*라고 기계처럼 직역하는 수밖에 없었다.

여전히 통역을 시작하기 직전에는 늘 긴장한다. 남들에게 칭찬을 받더라도 스스로 잘했다는 생각이 든 적은 아직 없다. 통역은 지식이 아니라 스킬이기 때문에 며칠만 하지 않아도 감이 무뎌지는 것을 느낀다. 한순간도 긴장을 놓을 수 없는 일이라 동료 통역사들끼리 농담 삼아 이러다 수명이 단축될 것 같다고 말할 정도다.

단 하루 치르는 국제회의 통역을 위해서 읽어야 하는 자료의 양은 방대하고, 불안한 마음에 밤새 자료를 손에서 놓지 못한다. 완벽한 준비라는 것은 있을 수 없기 때문이다. 자료를 받은 순간부터 통역사들은 눈에 불을 켜고 몰두한다. 그 분야에 대한 배경지식을 조사해서 공부하고, 전문용어를 알아둔다. 연사가 발표한 논문이나 저서가 있다면 당연히 함께 찾아서 읽어보고 신문 기사나 TV 인터뷰 등 인물에 대해서도 검색해 파악한다. 영상 자료는 더할 나위 없이 좋다. 연사의 악센트, 말하는 습관을 미리 파악할 수 있다.

영국 유학 시절, 내가 살았던 곳은 소위 'BBC 영어'라고 불리는, 표준발음에 가까운 악센트가 있는 지역이었다. 지금도 내 영어의 영국 악센트는 사람들이 으레 예상하는 것만큼 강하지 않다. 한국 사람들끼리는 잘 알아채지 못하는 경우가 많은데, 영어가 모국어인 외국 사람들과 이야기를 하면 단번에 알아챈다. 그만큼 영국도 우리나라처럼 땅의 크기는 크지 않지만 지역마다 방언의 특색이 분명한 나라다.

일하다 보면 다양한 악센트를 알아듣고 통역해야 하는 경우가 많다. 한번은 지방 행사에 갔는데 연사가 영국에서도 악센트가 강하기로 유명한 요크서 지역 출신이었다. 다른 나라에서 발표한 때마다 통역사들이 자신의 말은 잘 알아듣지 못해 난처했다고 했다. 나는 행사 시작 전까지 화장실 갈 틈도 주지 않고 연사 옆에 붙어서 끊임없이 대화를 나눴다. 발표 내용에 대해 질문하고 설명을 부탁하는 등 귀찮게 괴롭히면서 그의 악센트에 최대한 익숙해지려고 했다.

어느 해 여름에는 찌는 듯이 더운 대구에서 열린 각국의 개인식별번호 법제에 관한 세미나에서 동시통역을 했다. 우리나라의 주민등록번호 제도에 상응하는 각국의 법제에 대해 발표하는 자리였다. 이날은 다른 파트너 통역사도 함께 했는데, 파트너가 맡은 연사는 일본의 어느 로스쿨 교수였다. 당연히 영어로 발표를 할 거라고 생각해서 파트너는 영어-한국어 통역을 준비해온 상태였다. 그런데 그 교수가 갑자기 한국어로 발표를 하기 시작했다. 자신이 어릴 때 부산에서 살다가 일본으로 건너간 교포라고 하며, 오랜만에 고국에 왔으니 한국어로 발표를 하고 싶다고 했다. 발표 언어가 바뀌는 것은 당황스럽긴 하지만 흔히 있는 일이다. 그런데 발표가 진행될수록 파트너의 목소리가 가늘게 떨리는 것이 느껴졌다. 고개를 들어 상황을 살펴보니, 교수의 부산 사투리가 심해 서울 토박이인 파트너가 알아들을 수 없는 수준이었다. 고향이 부산인 나는 부산 원어민이긴 하지만 그 교수의 발표 내용을 미리 준비하지 않았기 때문에 선뜻 통역을 교체할 수는 없었다. 그러나 내용은 고사하고 파트너가 교수의 말 자체를 알아듣기조차 어려운 상태에 다다랐다. 어쩔 수 없이 네가 마이크를 켜고 통역을 했다. 연세가 있는 분인 데다 어릴 때 쓰던 사투리라 요즘에는 쓰지 않는 말들이 많았다. 예를 들면, '청소하다'를 '소지하다'라고 하는 것처럼. 거기에 일본어 악센트까지 더해졌으니 파트너가 알아들을 리 만무했다.

이렇게 연사의 언어 습관까지 놓치지 않고 준비하려면

족히 한 달은 필요할 것 같지만 알다시피 통역사들에게 주어지는 시간은 길지 않다. 일반 기업이나 국가 기관에서 활동하는 인하우스 통역사의 경우, 같은 분야만 계속 통역하기 때문에 한 분야에 대한 지식이 깊어지는 장점이 있다. 반면, 프리랜서 통역사는 매번 다른 주제를 통역하기 때문에 하나의 행사가 끝나면 머릿속을 비우고 다음 주제를 새로 공부한다. 뼛속까지 문과인 나지만 이과 출신 박사들이 가득 모인 세미나에서 양자 컴퓨팅, 양자역학과 관련된 통역을 했다가도, 다음 날은 이탈리아 패션 회사가 주최하는 행사에 참석해 온갖 명품 브랜드의 디자인 트렌드에 대해 통역하기도 한다. 패셔니스타들이 가득 모인 화려한 행사가 끝나면 나는 또 곧장 구치소로 달려가 수감 중인 피고인과 변호인의 접견을 통역하기도 한다. 하루하루가 새롭고 다이내믹하다. 그만큼 절대 익숙해지지 않아 끝없이 공부하고 연습해야 하는 일이지만, 한편으론 한 자리에 머무르지 않고 계속해서 새로운 자극을 받는 덕분에 세상을 보는 시야가 넓어지고 끊임없이 자신을 성장시킬 다음 스텝을 찾게 해준다.

통역은 지식이 아니라 스킬이기 때문에 며칠만

하지 않아도 감이 무뎌지는 것을 느낀다.

한순간도 긴장을 놓을 수 없는 일이라

동료 통역사들끼리 농담 삼아 이러다 수명이

단축될 것 같다고 말할 정도다.

One ▶   나는 통번역대학원을 졸업하고 인하우스 통역사로 커리어의 첫걸음을 뗐다. 첫 직장은 한국형사정책연구원이었다. 연구원에 다녀서 좋았던 점은 공부할 수 있는 자료가 무수히 많다는 것이었다. 법학 관련 교양수업 한번 들어본 적 없었던 내게는 지적 호기심을 충족해줄 수 있는 최고의 환경이었다. 게다가 범죄학, 형법, 사회학, 범죄심리학, 사이버범죄, 테러 등 형사사법과 관련된 박사들이 포진해있었다. 통역 준비를 할 땐 논문을 찾아서 읽는 경우가 많은데 연구원에는 그 논문을 직접 쓴 이들이 있는 것이다. 문만 두드리면 실제 저자의 설명을 들을 수 있어 행운이나 마찬가지였다.

맡은 일에는 법정에서의 통역도 자주 있다. 내가 주로 통역을 하는 재판부는 항소심이라서 1심 때 어떤 진술과 변론이 있었는지, 그 이전 수사 단계에서는 어떤 말들이 오갔는지 알 수 없다. 그런데 나를 만난 외국인 피고인들이 공통으로 호소하는 것 중 하나가 수사 단계에서 자신의 말이 제대로 통역이 되지 않아 억울하다는 점이었다. 자신은 그 의도로 진술하지 않았는데 통역이 잘못되어 조서에도 잘못 기재된 것이지 본인이 진술을 번복한 게 아니라는 주장을 종종 한다. 경찰 수사 과정단계에서 통역을 해본 적이 없는 나로서는 피고인들의 말만 듣고는 어떤 상황인지 머릿속으로 그림이 그려지지 않아 답답하다. 이럴 때 연구원에서의 인연과 자료가 도움이 될 때가 많다. 예를 들면, 친한 박사님이 마침 '수사 절차상 조서 작성 방식 개선에 관한 연구'를 한 것을 알고 자료를 요청하는 식이다.

하나

그전에는 우리나라 형법상의 살인죄를 영어로 옮길 때 단순히 한영사전을 찾아서 'murder'라고 번역했을 테지만, 이제는 영미법 체계에서 범행 동기나 살해 의도 유무 등에 따라 살인을 어떻게 구분하는지 알고 적절하게 한국어에서 영어로, 또는 영어에서 한국어로 옮길 줄 알게 되었다. 처음 접하는 형사사법 분야여도 박사들의 연구보고서, 학회 발표 자료, 논문 등을 번역하다가 모르는 부분이 있으면 직접 찾아가 하나씩 배우는 재미가 있던 덕분이다. 당시 미국 드라마도 범죄 장르만 골라서 볼 정도로 내게는 아주 새롭고 흥미로운 분야였다. 법률 분야는 다른 분야에 비해 통번역사가 공부를 훨씬 더 많이 해야 하고, 작은 실수 하나로 감당해야 하는 위험부담이 크기 때문에 통번역사들 사이에서 선호도가 다소 떨어진다. 하지만 나는 오히려 바로 그 점 때문에 이 분야에 대한 호기심이 커져만 갔다.

연구원에서 일을 한 지 한 달 반쯤 되었을 때였다. 연구원에 파견을 나와있던 한 검사님이 "다혜 씨, 방콕 가서 일할 생각 있어?" 하고 물었다. 당시 형사정책연구원은 유엔 범죄 방지 및 형사사법 연구기관 네트워크^{UNPNI}의 회원으로 태국 방콕에 위치한 유엔마약범죄사무소^{UNODC}와 '아시아 저스트 ^{AsiaJust}'라는 이름의 공동 프로젝트를 진행하고 있었다. 아세안[1]10개국과 검찰 네트워크를 형성해서 보다 효과적인 형사 사법 협력 체계를 강화하는 것이 그 목적이었다. 대검찰청 소속 검사 한 명이 이미 파견되어 일하고 있었고 그 일을 도울 사람이 필요했던 것이다. 태국은커녕 동남아시아 국가에는 여행 한번 가보지 않아 낯설었지만 유엔에서 일할 기회를 놓칠 수 없었다. 무조건 가겠다고 했다. 꿈에 그리던 유엔의 정식 직원이 된다니 신이 나지 않을 수 없었다. 서류 심사 등 지원 절차에 맞추어 하나씩 준비했고 최종적으로 통과해 유엔에 입성했다.

당시 방콕에선 반정부 시위가 한창이었고, 하루에도 사상자가 수십 명씩 발생하던 때였다. 방콕에 사는 한국인들도 한국으로 피신을 오는 마당에 일을 하러 간다고 하니 가족들의 반대가 만만치 않았다. 유네스코[2]나 유엔 에스캅[3] 같은 비교적 안전해 보이는 기구였더라면 그나마 안심했을 텐데, 아시아 지역의 조직범죄, 마약범죄 등을 다루는 기구로 간다고 하니 걱정이 더했던 것이다. 그렇지만 내 마음속은 설렘으로 가득 차있었다. 전기 상황이 위험해 입국 시기를 미루

직원으로서의 통역사

---

1) ASEAN, 동남아시아국가연합
2) UNESCO, 유엔교육과학문화기구
3) UN ESCAP, 유엔 아시아태평양 경제사회위원회

는 게 좋겠다는 메일이 오기를 여러 번, 최초 발령일보다 할 달이 지나서야 방콕으로 떠날 수 있었다.

다섯 시간 남짓 비행 후 수완나품 공항에 도착했다. 공항 밖으로 나오자마자 마치 옷을 입은 채 사우나에 들어간 것처럼 숨이 턱 막혔다. 이곳에서 얼마나 버틸 수 있을까 했지만 지금까지 내가 살았던 곳과는 완전히 다른 곳에서 새로운 일을 한다는 설렘이 더 커서 날씨 정도는 문제 되지 않았다. 새로 만난 태국 현지 직원들은 정이 많았다. 점심시간이 되면 서로 나를 새로운 식당에 데려갔고, 외국에 혼자 나와 일을 하는 나를 세심하게 챙겨주었다. 이역만리에서 쉽게 적응하는 사람이 많지 않은데 나는 방콕에 오자마자 너무 금방 적응했다. 심지어 숙소를 계약하면서 만난 부동산 직원과도 친해져 같이 쇼핑하고, 주말엔 영화도 보며 지금까지 연락을 주고받는 사이가 되었다. 나의 친화력이 이 정도였는지 스스로도 놀랐다.

낯선 환경에 넌서 직응하니 다른 고민 없이 일에민 집중할 수 있었나. 하시만 일은 생각보다 더 녹록하지 않았다. 유엔은 국제기구였기 때문에 나라별로 다른 법률 체계에 대한 이해가 우선이었다. 나는 제일 먼저 대한민국 법, 특히 자산몰수와 관련된 법률, 법무부 및 대검찰청 등에서 보내온 각종 자료를 영어로 번역하는 일을 맡았다. 연구원에서 번역했던 자료들은 대부분 학술적인 성격의 것이었다면 이곳의 자료들이 수사 매뉴얼, 법령 등 보다 실무적인 성격의 것들이었다. '특정 경제범죄 가중처벌 등에 관한 법률'처럼 단어 하나하나가 생소한 법률과 관련 문서들을 번역하는 것은 만만한 작업이 아니었다. 한국어로 읽어도 무슨 내용인지 짐작조차 되지 않는 내용을 영어로 번역하려니 시작할 엄두도 안 나고 막막했다.

'위법성조각사유? 자료를 현출한다고? 검찰 송치는 또 뭐람?'

빽빽한 글씨로 가득 찬 문서를 펼쳐놓고 하염없이 한숨만 내뱉었다. 연구원에서 일할 땐 박사님들이나 인턴으로 일하던 박사과정 학생들에게 물어볼 수 있었지만 이곳에는 한국 사람이라고는 검사님과 나 딱 둘 뿐이었으니 도움을 청할 수 있는 곳도 없었다. 한참 인터넷을 뒤져 한 단어가 어떤 의미인지를 겨우 파악하고 나면 그때부터는 그 단어를 적절한 영어로 옮겼다. 예를 들면, '○○ 법률 제 몇 조 몇 항에 규정된…'이라는 맥락에서 '규정된'이라는 표현을 영어로는 'provided' 또는 'provided for'로 번역하면 된다는 사실 하나를 알아내기까지 몇 시간씩 걸리는 식이었다. 명사로 된 단어를 사전에서 찾는 것은 비교적 수월했다. 하지만 그 단어 앞뒤로 어떤 동사나 부사를 써야 자연스러운 문장이 될 수 있을지 고민하고 찾는 것은 또 다른 문제였다. 한쪽에는 한국법과 관련 논문을 잔뜩 찾아서 프린트해놓고, 다른 쪽에는 미국법과 논문 자료를 쌓아두고는 둘을 비교하면서 읽기 시작했다. 한국어로 읽은 것과 비슷한 맥락으로 보이는 영어 문장에서 어떤 표현을 쓰는지 하나씩 유추해서 알아내는 수밖에 없었다. 얼마 지나지 않아 내 책상 위에는 어렵게 알아낸 표현들을 써놓은 색색의 포스트잇으로 가득했다.

번역해야 할 문서가 한국어로 된 것도 힘든데 아예 해독 불가인 문서들이 수두룩했다. 어떤 문서는 조사만 빼고 모조리 한자로 적혀있었다. 그땐 도리 없이 검사님 방으로 가서 불러주는 대로 하나하나 받아 적는 수밖에 없었다. 낮에는 그해 여름에 한국에서 열릴 고위급 검찰 회의를 준비하느라 대검찰청, 법무부, 외교부, 국가정보원 등 관계 부처와 연락하고 자료를 주고받으면서, 아세안 10개국의 관계 부처 담당자들과도 소통해야 했다. 직접 연락하고, 초청장을 보내고, 발표 자료를 수집하는 등 모든 회의 준비는 내 몫이기 때문에 번역 작업은 일과가 끝난 저녁때쯤 되어서야 시작할 수 있었다.

법의 체계를 파악하는 데도 시간이 걸렸다. 그야말로 맨 땅에 헤딩하는 기분이었다. 처음에는 우리나라의 법률과 관련 문서들을 영어로 번역하기 위해 참조할 수 있는 자료에 어떤 것들이 있는지도 알지 못했다. 대륙법 체계인 우리나라의 법과 보통법 체계인 미국법이 어떻게 다른지는 고사하고 두 가지 법 체계가 다르다는 것조차 몰랐다. 새벽에 동이 틀 때가 되어서야 퇴근하고 눈을 붙일 틈도 없이 씻고 옷만

인생도 통역이 되나요

갈아입은 채 다시 출근하는 일이 부지기수였다. 한번은 야근을 하다 출출해져서 고구마를 데워 먹으려고 전자레인지에 돌려놓고는 깜빡 잠이 들었다. 그사이 고구마가 들어있던 종이봉투에 불이 붙었고 화재경보가 울려 경비원이 허겁지겁 사무실로 뛰어 들어올 때까지 나는 책상 위에서 잠들어 있었다. 다행히 큰일은 나지 않았지만 그날부터 동료들의 퇴근 인사는 당부 인사가 되었다.

"소심해, 클로이! *Be careful, Chloe!*"
"오늘은 잠들지 마! *Stay awake today!*"
"사무실 다 태워먹으면 안 돼! *Don't burn the whole office!*"

유엔 건물은 정기적으로 전기 시스템 점검을 위해 한 달에 한 번 일요일에는 건물 전체의 냉방 시스템을 끈다. 그 공지를 보지 못한 채 어김없이 주말도 반납하고 출근한 나는 에어컨이 안 나오는 더운 사무실에서 뜨거운 컴퓨터의 열기까지 더해져 사우나에서 공부를 하는 것처럼 땀을 뻘뻘 흘리며 탈진 직전 상태로 일을 한 적도 있었다. 그 후 시설관리를 담당하는 직원이 나를 찾아와 "이번 주 일요일에 또 정기점검을 하니 그날은 사무실에 오면 안 돼, 클로이"라고 알려주었다. 그걸 본 동료들이 크게 웃으며 왜 나에게만 알려주냐고 묻자, 그 직원이 답했다. "여기서 클로이 말고 주말에 회사 나오는 사람이 누가 있어?"

한국에서 개최될 회의 날짜가 점점 다가오고 있었다. '범죄수익 환수 및 테러자금 지원에 대응하기 위한 검찰의 역할'이라는 주제로 한국의 검찰과 아세안 국가의 고위급 검사 30여 명이 참석할 예정이었다. 한국 관계 부처들과의 연락도 점점 더 잦아졌다. 손발이 열 개라도 모자랄 지경이었다. 발표 자료를 모으기 위해 회의 참가자들에게 회의 자료와 함께 필요한 자료를 보내달라는 메일을 보냈다. 그날도 혼자 늦은 밤까지 야근을 하고 있었는데, 태국 대검찰청 소속 검사로부터 메일이 왔다. 이렇게 빨리 자료를 준비했나 싶은 생각에 얼른 메일을 열었다. 메일 내용은 뜻밖이었다. 내가 요청한 자료는 각국의 몰수 관련 법률에 관한 것이었는데, 그 내용을 설명하는 과정에서 '몰수'라는 단어를 한영사전에서 찾은 대로 'confiscation' 또는 'forfeiture'로 번갈아 사용했던 것이 문제였다. 영어로 글을 쓸 땐 같은 단어를 반복해서 사용하는 것을 지양하지만 법률 문서에서는 통하지 않는 원칙이라는 걸 몰랐던 것이다. 검사는 태국의 해당 법령 조문을 함께 보내면서, 한국어로 '몰수'에 해당하는 개념을 지칭하는 용어가 각기마다 다르고, 같은 용어를 사용한다고 해도 그 적용 범위가 다를 수 있기 때문에 정확히 명시해주지 않으면 혼란이 생긴다고 덧붙였다. 아찔한 마음에 서둘러 메일 내용을 수정해서 다시 보냈고, 무사히 모든 참가국으로부터 자료를 받을 수 있었다. 태국 환경에 적응하는 것보다 일하는 것에 있어 하나부터 열까지 모든 걸 어렵게 습득하느라 매번 끙끙대야 했다.

인생도 통역이 되나요

회의 전날, 이번 회의를 도와주는 옆 팀 동료 유이와 함께 한국행 비행기에 올랐다. 참석자들보다 먼저 도착해서 안내를 해야 하는데 하필 그날 방콕 날씨가 좋지 않아 출발이 두 시간이나 늦어졌다. 서울에 도착해 휴대폰 전원을 켜자마자 예상대로 부재중 전화와 메시지 알림이 수십 개가 울렸다. 호텔 체크인 시간보다 일찍 도착한 참석자들이 한두 시간 정도 시내를 돌아볼 수 있도록 안내하고, 앞으로 도착할 참석자들을 위해서 공항 의전팀과 호텔 의전팀을 다시 적절히 배치하는 등 상황을 정리해나갔다. 회의 기간 내내 낮에는 회의에 참석하고, 사이사이 참석자들의 요구사항을 처리했다. 저녁 만찬까지 하루 행사가 모두 끝나면 숙소로 돌아와 다시 다음 날 회의 자료를 정리하고 공지사항을 각 방에 전달했다. 잠도 제대로 못 자고 나 혼자 동분서주하는 것을 안쓰럽게 여겼는지 다들 너무나 친절했고, 실수가 있더라도 웃으며 이해해주었다. 마지막 날, 저마다 다른 출국 날짜와 시간을 꼼꼼히 체크해서 차량을 배치하고 전원이 무사히 비행기에 탑승한 것을 확인하는 것으로 나의 임무는 끝났다.

유엔에서의 생활은 앉히지 못에 김을 길 틈도 없이 하루하루를 꽉 채우며 지냈다. 국적이 다양한 동료들과 한 사무실에서 서로의 문화를 존중하며 일하는 것도 색다른 경험이었고, 한국인이지만 유엔 직원으로서 한국의 각 정부 부처와 협력했던 일, 유엔 직원만의 크고 작은 특권을 누려볼 수 있었던 것 등 모든 순간이 내겐 일생에 단 한 번뿐인 일들이었다.

통역사로서는 국가나 나라를 뜻하는 *'nation'*, *'State'*, *'country'*를 유엔 매뉴얼에 맞추어 쓰는 등 유엔 공식 문서 작성법을 배운 것도 의미 있는 경험이었다. 무엇보다 내게 소중한 기억으로 남아있는 건 동료들과의 추억이다. 한국에서 사두었던 태국 여행 책자에 소개된 맛집, 예쁜 가게들을 틈이 날 때마다 부지런히 찾아다녔는데, 나중에는 같이 가고 싶어 하는 동료들이 늘어나서 거의 동호회 수준이 되었다. 일이 많고 바쁜 와중에도 동료들과 사원에 가서 기도도 하고, 일요일 오전에는 맛있는 브런치를 먹기도 하면서 방콕 생활을 마음껏 즐겼다. 항상 나를 먼저 배려해주고 작은 것 하나하나 신경 써주고 도와주는 동료들 덕분에 태국이 더 좋아졌다. 방콕에서의 근무가 거의 끝나갈 무렵에는 동료들과 차를 렌트해서 이별 여행도 했다. 쏨땀을 배달시켜 빈 회의실에서 소리를 죽여가며 먹었던 것을 기억한 동료들이 마지막 환송 파티 날에 수쿰빗에서 제일 유명한 쏨땀 전문 레스토랑을 예약했고, 가게에 있는 모든 종류의 쏨땀을 먹었나. 한국으로 돌아가기 전에 내가 좋아하는 쏨땀을 종류별로 나 먹어보게 해주고 싶었다는 동료들의 마음을 나는 결코 잊을 수 없다.

유엔, 그리고 낯선 태국 생활은 실수의 연속이었다. 작은 것 하나도 쉽게 넘어가는 일이 없었고 말도 통하지 않아 밤마다 눈물이 마를 날이 없었다. 그때 힘들게 단련한 마음의 근육이 지금까지도 큰 힘이 되고 있다. 매 순간 치열했지만,

방콕 생활은 짧게만 느껴졌다. 드디어 고생 끝이라고 생각하면 후련할 법도 한데 오히려 한국으로 돌아오는 비행기 안에서는 아쉬움만 가득했다.

One ➤

방콕에서 일을 마치고 한국에 온 지 얼마 되지 않아 사회 ◗ 하나
적으로 큰 사건이 하나 터졌다. 바로 한-미 *FTA*, 한-*EU FTA* 오
역 사태다. 국가적인 망신이라고 할 정도로 당시 외교통상
부 역사상 전례 없는 비상사태였다. 그러던 어느 날 외교통
상부에서 통역사를 채용한다는 공고가 올라왔다. 오역 사태
가 발생하기 전에는 외교관들이 처리했던 협정문 번역 업무
를 이제는 전문 통번역사를 채용해 전담하도록 하기 위해서
였다. 나는 반신반의하며 이력서를 내보았다. 당시에 연구
원 일이 몰리는 바람에 야근을 많이 하던 때여서 서류 심사
를 통과했는데도 면접 준비를 제대로 하지 못했다. 면접 전
날, 퇴근하고 집으로 가는 지하철 안에서 부랴부랴 *FTA* 관련
기사를 읽을 참이 났다.

면접 당일, 외교통상부가 있는 광화문으로 향했다. 긴
물 입구에서 까다롭게 출입증 검사를 하는 것에서부터 대기
하던 회의장의 위엄 있는 인테리어까지, 조금은 더 긴장되
었다. 오전에는 번역 시험을 치렀다. 내용은 협정문의 일부
였던 것 같다. 아차 싶었다. 면접에만 신경 쓰느라 번역 시
험 준비를 못 한 것이다. 다른 지원자들이 대기실에서 형광

펜으로 열심히 줄을 그으며 읽고 있던 자료가 협정문이었다는 걸 그제야 깨달았다. 그때까지 *FTA* 오역 사태에 관한 기사만 읽어보았지 정작 협정문이라는 문서 자체는 한 번도 본 적이 없었다.

협정문은 영어 문장이 굉장히 길고, 구조도 복잡했다. 어떤 문제는 한 문장이 거의 한 페이지를 차지할 정도로 길었다. 복잡한 문장구조를 파악하는 것만도 어려웠는데 한국어로 수식 및 논리 관계가 정확히 옮겨지도록 번역하는 건 더더욱 어려웠다. 게다가 추운 날씨에 긴장까지 더해져 손으로 쓰는 속도도 느리고 글씨도 엉망이었다. 결국 나는 마지막 문제를 못 쓰고 나와야 했다. 점심시간 후에 통역 시험과 최종 면접이 있었다. 이대로 집에 가고 싶은 마음이 굴뚝같았다. 협정문을 본 적조차 없는 내가 번역을 제대로 했을 리가 없고, 마지막 문제는 아예 손도 대지 못하고 나왔으니 합격할 가능성은 거의 없어 보였다.

면접은 끝 순서였다. 안으로 들어가니 넓은 회의장 안에 면접 위원 다섯 명이 앉아있었다. 위원들이 돌아가며 질문했고 나는 성심성의껏 대답하려고 노력했다. 질문을 굉장히 많이 받았다. 어떨 땐 두 명이 동시에 질문을 하는 바람에 무슨 질문에 먼저 대답해야 할지 헤매기도 했다. 그런데 신기하게도 어제 지하철 안에서 잠깐 읽었던 기사 내용에 대한 질문이 꽤 많았다. 우리나라가 지금까지 체결한 *FTA* 수가 얼마나 되는지, 면접이 있던 전날 한-페루 *FTA* 서명식이 있었다는 것 등 기억나는 내용을 기다렸다는 듯이 자신 있게 대답했다. 그리고 면접 위원 중 교수님 한 분이 *"laws and regulations"*를 한국어로 어떻게 번역하겠냐는 질문을 했다. 방콕에서 눈물로 밤을 지새우며 번역한 문서에서 수도 없이 봤던 표현이었다. 나는 단번에 "법령"이라고 번역한다고 대답했다(한-미 *FTA*에서는 '법과 규정'으로 번역하기도 한다). 당시에는 그게 정답인지 알 길이 없었으나 어쨌든 내가 아는 건 '법령'이라는 단어 하나뿐이었기 때문에 틀리든 말든 무조건 대답하는 수밖에 없었다. 면접을 꽤 잘 본 것 같다는 느낌이 들었다. 중간에 집에 안 가길 잘했다고 생각하며 면접이 끝나 자리에서 일어나는데 가운데 앉아 있던 면접 위원이 마지막 질문을 던졌다.

"정다혜 씨는 꿈이 뭔가요?"

의외의 질문이었다. 통번역대학원을 졸업함과 동시에 나는 통역사가 되겠다는 꿈을 이룬 셈이었기 때문에 나에게 꿈이 무엇인지 물어보는 사람은 졸업 이후 처음이었다. 뭐라고 대답해야 할지 몰라 당황했다. 왜 그런 질문을 하는지 순수한 궁금증에 물어보고 싶었지만 면접이었기 때문에 그럴 수는 없었다. 나는 무슨 용기에선지 "정상회담 통역을 하는 것입니다"라고 대답했고 면접은 끝이 났다.

최종 합격 통보를 받은 바로 다음 날부터 곧바로 출근했다. 매일 뉴스에서는 한-미 *FTA*, 한-*EU FTA* 오역에 대한 기

사를 쏟아냈고, 외교통상부 내에서는 그 상황을 수습하기에
여념이 없었기 때문에 한시라도 빨리 오역 수정 작업을 해
야 했다. 나와 다른 두 명의 통역사가 함께 채용되었고, 우
리 셋은 그 사태가 마무리되었던 6월 중순 즈음까지 밤낮없
이 FTA와 씨름했다. 처음 맡게 된 일은 각 FTA 협정문에 포함
된 양허표 Schedule of Concessions를 검토하는 일이었다. 양허표는
FTA 교섭에 따른 시장개방의 조건으로 각 수출 품목에 따른
관세율 인하 조건과 일정 등을 정해놓은 것이다. 농산물에
서부터 시작해 사송 농산품, 화학제품 등 셀 수 없이 많은 수
출 품목들이 모두 나열된 표이기 때문에 그 양도 어마어마했
다. 작은 글씨로 빽빽하게 적힌 표를 종일 들여다보며 스펠
링, 숫자, 그리고 HS코드의 품목 분류 단계를 나타내는 바 Bar
하나까지 꼼꼼하게 검토해야 했다. 한 서기관님이 양허표
에 작은 오류 하나라도 있어서는 안 되는 이유를 설명해주면
서, 대기업의 경우 이 양허표에 근거해 예측한 뒤 아예 공장
을 해외로 이전하기도 한다고 겁을 주기도 했다. 육류의 경
우 두 부분으로 절단한 고기를 뜻하는 이분도체, 네 부분으
로 절단한 고기를 뜻하는 사분도체 등 용어가 굉장히 생소했
다. 닭고기의 경우 기본적으로 부위별로 다른 품목으로 분
류가 되고, 목이 잘린 것과 그렇지 않은 것, 털을 제거한 것
과 그렇지 않은 것, 발톱이 있는 것과 그렇지 않은 것 등 분
류 기준이 아주 세세했다. 식물과 동물의 학명 또한 길고 복
잡해 애를 먹었다.

후에 한-EU FTA 번역을 실제로 했던 EU 측 번역사들을 만

날 기회가 있었는데, 그들 역시 어려운 학명 때문에 애를 먹었다는 이야기를 들었다. 그만큼 정확도와의 싸움이었다. 내가 맡은 부분 중에는 화학제품도 있었는데 문장 전체가 하나의 화학식으로 된 것도 있었다. 자세히 보지 않으면 '포름알데히드'와 '포롬알데히드'를 구별하지 못하고 넘어가는 실수를 할 수 있기 때문에 스펠링 하나하나, 기호 하나하나 주의 깊게 살펴보아야 했다.

　양허표 검토가 마무리될 무렵, 다른 과로 옮겨 이번에는 협정문 본문을 검토하게 되었다. 본문은 양허표와는 그 성격이 완전히 달랐다. 양허표는 각 수출 품목에 해당하는 용어가 정확하게 번역이 되어 있는지를 검토하는 것이 중요했다면 본문은 용어뿐만 아니라 길고 복잡한 문장구조, 까다로운 수식 관계 등 고려해야 할 사항이 여러 가지였다. 영어 실력만으로 해결할 수 있는 일이 아니었다. 법적 구속력이 있는 문서이기 때문에 해당 조문의 의미를 정확히 해석해야 하는 것은 물론, 국내법과 국제법, 협상 당시 양 당사국의 입장 등 전반 배경지식도 또한 필요로 했다. 또한 이전 FTA, 즉 EU FTA 이선에 체결되었던 다른 협정문들과 통일성을 유지하는 것도 중요했기 때문에 한 번에 여러 협정문을 동시에 보며 검토해야 했다. 전에도 번역하기 어려운 문서들은 많이 접해봤지만 협정문은 완전히 새로운 분야였다.

　협정문의 복잡한 문장구조가 익숙해지기까지는 꼬박 3개월의 시간이 걸렸다. 밥 먹고 잠자는 시간 외에 온전히

FTA 협정문과 함께했을 때의 이야기다. 기체결 협정문들을 수없이 비교, 검토한 결과, 각 협정문 간에 어떤 차이가 있는 지, 번역은 어떻게 다른지 자연스레 머릿속에 남게 되었다.

법률번역 강의를 할 때 나는 학기초에 학생들에게 FTA 협정문 하나를 골라 처음부터 끝까지 영어와 한국어를 비교 하며 읽어보라고 권한다. 협정문의 문장구조와 협정문 특유 의 언어 스타일에 익숙해지기 위해서는 무조건 많이 읽는 것 이 필요하다. 그러다 어느 순간 티핑 포인트 *Tipping Point*를 넘 어서면 대부분의 조문은 편하게 읽을 수 있게 된다. 내가 직 접 경험했기 때문에 학생들에게도 알려주고 싶어 매번 강 조한다. 학생들의 과제를 검토하다 보면 학기초에 협정문 을 열심히 읽은 학생과 그렇지 않은 학생은 번역에서 확연 히 차이가 난다.

입사하자마자 우리가 맡았던 일이 매일 언론에서 뜨겁게 회자되었다. 퇴근할 땐 시위대를 피해 출입증을 숨기고 다른 출구로 돌아가기도 했다. FTA 협정문 외에도 위키리크스 사 건, 쌀 시장 개방 이슈, 론스타 사건 등 굵직하고 민감한 사건 들과 관련된 문서들을 번역하기도 했다. 그런데 그 문서 중 문장 하나가 문제가 되어 우리 팀의 한 에디터가(우리나라 정부 기관에서는 인하우스 통번역사를 에디터라고 부른다) 검찰에 출석해 조사를 받을 뻔 하고, 모 신문사를 상대로 명 예훼손 소송이 제기되기도 하는 등 아찔했던 순간들이 많았 다. 이 과정에서 법률문서의 엄중함을 실감했다. 법적 구속력이 있는 문서는 독자에 의해 읽히는 것이 궁극적이자 최종 목적인 일반문서와는 달리 실제 법적 효력이 발생하기 때문에 단어 하나, 심지어 문장부호 하나도 소홀히 해서는 안 된다. 예전에 한 건축가가 "건축가는 도면에 그린 선 하나하나에 책임이 있다"고 말하는 것을 본 적이 있다. 법률문서를 번역하는 번역사도 마찬가지다. 영어로 또는 한국어로 옮기는 단어, 문장부호까지도 책임질 수 있어야 한다.

FTA 오역 사태가 마무리될 즈음 나는 우리 팀의 다른 에디터들과 함께 유럽으로 출장을 가게 되었다. 유엔 유럽 본부, *EU* 이사회[4], *EU* 집행위원회[5], 국제노동기구[ILO], 세계지식재산기구[WIPO] 등의 국제기구를 방문해 선진 통번역 시스템에 대해 알아보기 위함이었다. 각 기구에서는 번역 프로세스에 관한 프레젠테이션은 물론, 통번역사들만을 위한 도서관, 통역 부스가 설치된 회의장 등 여러 관련 시설을 둘러볼 수 있도록 해주었다. 그리고 번역 프로세스별 담당자들을 만나 번역 업무에 대한 설명을 들을 수 있는 기회도 있었다. 방문했던 국제기구 모두 선물이 그리 넉넉한 것이 기억에 남기는 하지만, 무엇보다 통번역 업무에 대한 이해도가 높고, 최고의 결과물이 나올 수 있도록 제도적으로 세심하게 배려

4) Council of European Union
5) European Commission

하는 것이 인상적이었다. 영어를 할 줄 알면 통역이나 번역은 쉽게 할 수 있을 것이라는 인식이 아직 많은 한국의 환경과는 사뭇 달랐다.

유엔 유럽 본부에서 전반적인 번역 프로세스에 대한 설명을 들은 후 시설을 둘러보고, 통번역사들을 만나 각자의 방에서 어떻게 업무를 하는지 직접 보고 들을 수 있었다. 인상 깊었던 것은 전문 타이피스트가 있다는 것이었다. 번역사가 번역 내용을 말로 녹음을 하면, 타이피스트가 녹음된 내용을 문서로 만드는 작업을 따로 맡아 타이핑 시간을 줄여주었다. *EU* 이사회는 커다란 건물 전체가 유리로 되어있어 반짝반짝 빛나는 가운데 스무 개가 훨씬 넘는 *EU* 회원국의 국기들이 차례대로 높이 세워져 있는 모습을 볼 수 있다.

이곳에서 말로만 듣던 '*Lawyer-Linguist*'들을 만날 수 있었다. *Lawyer-Linguist*는 말 그대로 변호사 자격과 언어 관련 학위를 함께 소지한 법률 언어 전문가를 말한다. 법률문서를 번역하기 위해서는 법률 지식이 필수적이기 때문에 유럽에서는 법률 언어 전문가가 오래전부터 이 분야에서 중요한 역할은 담당해왔다. 그들은 법률용어의 사용뿐 아니라 각 언어로 번역되었을 때 의미가 법적으로 다르게 해석될 여지는 없는지, 국내법과 충돌이 일어나지 않는지 등 법률 및 언어 검토 작업을 한다고 했다. 그러기 위해서는 각국의 국내법과 국제법에 대한 이해가 필요하다고 덧붙였다. 그리고 우리에게 어떤 자격^{Qualification}을 가지고 있는지 물었다. 우리

모두 통번역학 석사학위밖에 없다고 하자, 법학 관련 학위
나 변호사 자격증 없이 *FTA*와 같이 중요한 법률문서를 다룬
다는 것에 놀라는 눈치였다. 한국에는 아직 별도의 전문가
가 없고, 우리 팀이 생긴 지도 얼마 되지 않았다는 것을 재차
설명해야 했다. *FTA* 오역 사태 이야기를 하며 한국의 외교통
상부에도 *EU*와 같은 시스템을 도입하기 위해서 무엇이 제일
필요하다고 생각하는지 물었다. 역시나 언어 관련 학위뿐만

아니라 법학 학위 또는 변호사 자격을 동시에 가진 법률 언
어 전문가를 양성하는 것이 급선무라고 대답해주었다. 통번
역사들은 언어능력은 뛰어날지라도 법률 지식이 없기 때문
에 법적 검토는 할 수 없고, 변호사들은 법률 지식은 갖추었
지만 언어적 측면에서는 부족할 수 있기 때문에 이 두 가지
를 모두 갖춘 전문가가 필요하다는 것이었다. 그 뒤로 한동
안 *Lawyer-Linguist*라는 단어가 머릿속에서 맴돌았다. 아직
한국에는 없는 타이틀. 언젠가는, 그리고 누군가는 하겠지?
그렇다면 내가 하면 어떨까? 할 수 있을까? 하는 생각들이 꼬
리에 꼬리를 물고 이어졌다.

마침 그날 10 새로운 회의가 열리고 있었다. 우리는 운
좋게도 메인 회의장을 살짝 들여다볼 수 있었는데, 무려 8개
의 언어로 동시통역이 이루어지고 있었다. 가장 먼저 나의
시선을 끈 것은 길게 이어진 회의 테이블 뒤로 아주 가까운
거리에 설치되어 있었던 8개의 통역 부스였다. 한국에서 열
리는 국제회의의 경우 통역 부스가 회의장의 제일 뒤쪽이나
무대 옆 구석에 설치된다. 이 경우, 너무 멀어서 연사와 발표

자료가 잘 보이지 않는다. 이런 연유로 오페라글라스를 챙겨 다니는 통역사도 있을 정도다. 이곳에서는 그런 점까지 고려해 통역사들이 회의 참가자들을 가까이서 보고 함께 호흡하며 회의의 흐름을 따라갈 수 있도록 통역 부스를 회의 테이블 바로 뒤에 설치한 것이라고 했다. 좋은 통역이 나올 수 있도록 최적화된 환경이 새삼 부러웠다. 통번역사들이 24시간 이용할 수 있도록 각종 자료와 사전들을 비치해둔 도서관에 들어갔을 땐 입이 다물어지지 않았다. 이들 자료와 사전은 최소 20개의 서로 다른 언어별 버전이 갖춰져 있었기 때문에 그 양도 어마어마했다.

EU 집행위원회에서는 당시 외교통상부에서 도입하려고 했던 번역 지원 소프트웨어와 데이터베이스 시스템을 이미 수십 년 전부터 사용해오고 있었다. 국제기구에서 생성되고 회람되는 문서들은 특성상 반복되는 문구가 많다. 번역 지원 소프트웨어로 작업을 하면 동일한 문구에 상응하는 기존의 번역문들이 자동으로 검색이 되어 번역하는 사람이 그중에 하나를 선택하면 바로 적용이 되는 식이었다. 한 번역사가 직접 시범을 보여주었다. 처음엔 번역사가 아니라 컴퓨터 프로그래머가 복잡한 작업을 하는 것처럼 보여 소프트웨어를 사용하는 것이 오히려 작업에 방해가 되는 것 같았다. 물어보았더니 처음에는 적응 기간이 필요한데 익숙해지고 나면 작업 시간이 절반 이상 줄어들어 굉장히 편리하다고 했다. 또 참조할 수 있는 전문용어들이 저장된 데이터베이스는 그 양이 방대했다. 분야를 막론하고 지금까지 집행이사회 소속 전문 번역사들이 사용했던 용어들은 거의 모두 저장되어 있을 뿐만 아니라 정기적으로 업데이트를 하고 있어 매우 유용하다는 것이었다. 실제로 한 단어를 입력해서 도착어[Target Language]로 어떻게 번역이 되는지를 보여주었는데, 같은 단어라도 분야마다 서로 다르게 쓰이는 용례까지 함께 볼 수 있어 도움이 될 것 같았다.

집행이사회 소속 번역사들이 부러웠던 것 중 하나는 업무시간 외에 다양하고 체계적인 커리큘럼의 수업을 들을 수 있다는 점이었다. 경제학, IT, 법학, 문학 등 관심 있는 분야의 배경지식을 쌓아 번역가로서 전문성을 높일 수 있도록 한 것이다. 사실 주어진 원문과 관련된 배경지식을 충분히 갖추고 번역을 시작하는 것이 가장 이상적이지만, 현실적으로는 사전 조사를 할 시간적 여유가 없는 경우가 많다. 또, 번역사 혼자 전문 분야의 내용을 이해하기 위해서 여러 자료를 찾아보고 인터넷을 검색해보더라도 알아낼 수 있는 정도는 한계가 있기 마련이다. 그렇게 알아낸 정보가 정확한 것인지, 그 분야의 전문가들이 실제로 사용하는 표현인지 등을 판단하기도 쉽지 않다. 집행위원회는 이런 점들을 이미 오래전부터 잘 파악하고, 번역사들이 양질의 수업을 들을 수 있도록 제도적으로 지원하고 있었다. 보통 번역 프로젝트를 하나 맡으면 짧은 기간 내에 다량의 작업을 하느라 잠도 제대로 못 자고 종일 컴퓨터 앞에서 문서와 씨름한다. 회사에서 일할 때

하나

인생도 통역이 되나요

도 온종일 양허표, 협정문을 눈이 빠지도록 들여다보고 나면 퇴근할 무렵에는 다들 진이 빠져있다. 그런데 이곳의 번역 사들은 다들 싱글벙글 웃는 모습이었다. 각자 방에서 작업을 하긴 하지만 같은 층의 번역사들은 서로의 방을 지나가면서 쿠키와 커피를 들고 즐겁게 담소를 나누는 등 일하는 모습이 굉장히 여유롭고 평안해 보였다.

One

한국은 오역 사태가 터지고 나서 사고를 수습하기 위한 방안으로 전문 통번역사들을 영입한 상황이다. 겨우 첫걸음 을 뗀 단계지만, 이 시도가 처음의 목적을 상실하지 않고 계 속 이어지길 바랐다. 통번역의 전문성과 중요성을 이해하고 최고의 결과물이 나올 수 있도록 환경을 갖춘 *EU*처럼, 우리 나라에서도 국가 차원의 제도 개선으로 이어질 수 있기를 진 심으로 기도했다.

예전에 한 건축가가 "건축가는 도면에 그린 선 하나하나에 책임이 있다"고 말하는 것을 본 적이 있다. 법률문서를 번역하는 번역사도 마찬가지다. 영어로 또는 한국어로 옮기는 단어, 문장부호까지도 책임질 수 있어야 한다.

정확도와의 싸움

One 우리 팀의 에디터들은 현재 돌아가고 있는 *FTA*를 하나씩 맡아서 담당했다. 당시에는 한-호주 *FTA*, 한-콜롬비아 *FTA*, 한-터키 *FTA*가 진행 중이었다. 나는 그중 한-콜롬비아 *FTA*를 맡게 되어 수석대표 회의와 제4차 공식 협상부터 대표단의 일원으로 출장을 다니게 되었다. 첫 출장지는 워싱턴 *D.C.*였다. 원래는 양 당사국에서 번갈아 교섭을 개최하는 것이 보통이지만 우리나라와 콜롬비아는 너무 멀리 떨어져 있어, 공식 협상 사이에 개최되는 여러 회의는 가운데 지점인 미국에서 하기로 한 것이다. 미국에 한 번도 가본 적이 없었던 나는 미국에 간다는 사실만으로도 들떠있었다. 일반여권이 아닌 자주색 공무 여권을 발급받고 미국 비자를 받는 등 준비 작업이 신나기만 했다.

　　회의 일정이 시작되었고, *TV*와 신문에서만 보던 *FTA* 협상장에 내가 와있다는 사실이 얼떨떨할 따름이었다. 미국에 오기 전부터 자료를 열심히 체크했지만 회의 중에 아무리 귀를 기울여 들어보아도 대부분은 이해하기가 어려웠다. 지난 회의에 참석하지 않아 지금까지 논의한 내용을 모르는 탓도 있었지만, *FTA* 협상은 그 내용이 매우 전문적이기 때문에 배경지식이 전무한 나로서는 세이프가드 조치[6], *SPS* 조치[7], *TBT*[8], *NT*[9], *MFN*[10] 등 마구 쏟아지는 전문 용어와 약어, 주고받는 대화의 맥락을 파악하기조차 쉽지 않았다.

이번 일은 한 달에 보름 이상 외국에 머물러있었을 정도로 출장이 잦았다. 그만큼 생각지도 못한 변수가 많았다. 한 번은 우리 과 업무 일정상 협상단이 먼저 출발한 후, 나 혼자 후발대로 따라가야 했던 적이 있었다. 콜롬비아의 카르타헤나라는 지역에서 회의가 개최되어, 30시간에 걸쳐 비행기를 두 번이나 갈아타고 그곳까지 가야 했다. 미국까지 갈 땐 아무런 문제가 없었는데, 비행기를 갈아타고 콜롬비아 보고타 공항에 내려서부터 뭔가 불길한 느낌이 들었다. 공항 직원 중에서도 영어를 잘하는 사람을 만나기가 쉽지 않았다. 그들은 내 영어를 못 알아듣고, 나는 그들의 스페인어를 하나도 못 알아들으니 대화가 통하지 않았다. 덜컥 겁이 났다. 나는 데스크로 가서 탑승권을 보여주고 내가 갈아탈 비행기를 가리키며 이 비행기로 내 짐이 옮겨졌는지 확인하고 싶다고

🌑 하나

인생도 통역이 되나요

6) *Safeguard Measures*, 긴급수입제한 조치
7) *Sanitary and Phytosaniary Measures*, 위생 및 식물위생 조치
8) *Technical Barriers to Trade*, 무역에 대한 기술장벽
9) *National Treatment*, 내국민 대우
10) *Most-Favoured-Nation Treatment*, 최혜국 대우

천천히 여러 번 영어로 말했다. 하지만 그 직원은 내가 이 비행기를 타려면 어디로 가야 하는지 묻는다고 생각했는지 스페인어로 말을 하며 손으로 자꾸 탑승 게이트를 가리켰다. 주위를 둘러보니 왠지 다들 무섭게 나를 쳐다보고 있는 것만 같았고, 영어로 말하는 사람은 나밖에 없다는 사실에 놀라하는 수 없이 비행기에 올랐다.

One ❯

카르타헤나 공항에 도착했을 땐 이미 자정이 넘어있었다. 대표단 중 한 명과 콜롬비아 대사관의 서기관이 마중을 나와있었다. 30시간 만에 드디어 말이 통하는 한국 사람을 만났다는 기쁨에 눈물이 날 뻔한 것도 잠시, 불길한 느낌은 틀리지 않았다. 내 짐이 도착하지 않은 것이었다. 공항 직원은 짐이 도착하는 대로 호텔로 가져다주겠다고 하며 호텔 주소를 적고 가라고 했다. 분명히 다음 날 아침에 도착할 거라고 했던 내 캐리어는 이틀이나 지나서야 바퀴 하나가 부서진 채 겨우 도착했다. 여러 이유로 호텔 밖으로는 나갈 수가 없어 짐이 도착할 때까지 대표단의 여자 서기관들에게 생활용품을 빌려 썼다. 회의장에도 비행기에서 입었던 편한 복장 그대로 들어가는 수밖에 없었다. 통역사로 일하며 가장 불편하고 난감했던 이틀이었다.

도시를 둘러볼 새도 없이 아침부터 밤까지 협상이 계속 이어졌다. 밤늦게 회의가 끝나면 그날 협상 결과를 정리하고, 다음 날 있을 회의를 준비해야 했다. 나는 통상법무과 일까지 병행하느라 회의 기간 내내 잠은 포기해야 했다.

제6차 교섭 회의 동안에는 내내 팽팽한 긴장감이 감돌았다. 우리 측 대표단도 협상 타결을 목표로 왔고, 언론에서도 이번에 협상이 타결될 것이라는 기대를 담은 기사를 연일 싣고 있었다. 하지만 상품, 서비스, 규범 등 분과별로 하루하루 회의가 진행될수록 분위기가 험악해졌다. 우리 측 주장을 피력하기 위해 주먹으로 테이블을 쾅! 내리치거나 서류를 집어 던지거나, 심지어 문을 세게 닫고 회의장을 나가버리기도 하는 등 전략적인 쇼맨십도 필요했다. *FTA* 협상은 국가 간의 매우 중요한 사안이지만 결국 사람과 사람이 만나서 하는 일이기 때문에 현장의 기 싸움도 중요하다. 가벼운 농담으로 분위기를 부드럽게 풀었다가도, 우리가 관철해야하는 쟁점을 두고 상대의 반대를 강력하게 받아치기도 하면서 상대를 쥐락펴락할 수 있는 능력 또한 필수다. 그래서 통상 협상을 담당하는 외교관들은 영어 실력뿐만 아니라 다양한 시나리오에 능숙하게 대응하기 위해 시뮬레이션을 수없이 한다. 축구 경기에 비유하면 우리가 원정경기를 간 셈이었기 때문에 불리한 측면도 있었다. 어떤 경우에는 콜롬비아 측에서 내부 회의를 해야 한다며 협상을 잠시 중단하고 저녁에 메메리기를 요청하기도 했다. 늦게 그메끼기 내부 회의를 했을지도 모르지만 보통 협싱에서 쓰는 히나의 각진이라고 했다. 이른바 버티기 작전이었다.

한국으로 돌아가야 하는 시간이 다가올수록 조바심이 났다. 다음 날 새벽 6시에 호텔에서 출발해야 비행기를 탈 수 있었는데 새벽 2~3시가 되어도 콜롬비아와 의견이 좁혀지지 않았다. 수석대표를 비롯한 모든 대표단원들은 협상을 타결시키고 돌아가야 한다는 부담이 컸을 테지만, 그렇다고 해서 우리 측에 조금이라도 불리한 협상을 할 수는 없다는 것이 공통된 의지였다. 결국 6차 협상은 결렬되었고, 우리는 각자 방으로 가 짐을 챙겨 곧바로 공항으로 향했다. 일주일 내내 회의장에만 있다가 한국으로 돌아오던 날 아침 공항으로 가는 버스 안에서야 겨우 창밖으로 카르타헤나의 풍경을 구경할 수 있었다. 머나먼 지구 반대편까지 와서 시내구경 한번 못 하고 돌아가게 되었지만 외교란 무엇인지 눈앞에서 지켜보고 외교관들의 화려한 협상 스킬을 경험한 것은 큰 수확이었다.

마지막 제7차 협상은 서울에서 개최되었다. 1년이 넘는 기간 동안 여러 나라를 오가며 마주치고, 회의 기간에는 온종일 얼굴을 맞대며 회의하고, 같이 식사도 하고, 틈틈이 이야기를 나눈 덕분에 콜롬비아 대표단과도 정이 들어 마지막 협상이 아쉽기까지 했다. 이번에도 역시 매일 아침부터 늦은 밤까지 회의가 계속되었고, 마지막 날 밤 자정이 다 되었을 무렵 드디어 대장정이 끝났다. 이튿날 아침에 '한-콜롬비아 FTA 타결'이라는 제목으로 기사가 보도되었다.

국익이 걸려있는 일인지라 때로는 서로 목소리를 높여가며 치열하게 협상에 임하지만, 회의장을 벗어나면 언제 그랬냐는 듯 친구처럼 사소한 농담도 하고 개인적인 이야기도 편하게 나눴다. 국제적인 인연이 생긴 것이다. 내가 대학원에서 국제법을 전공하고 있다고 얘기했더니 그중 한 명이 본인도 내년 즈음 미국 조지타운대학교에서 통상법을 공부할 예정이라며 반가워했다. 친한 대학원 선배가 같은 학교로 공부를 하러 갈 예정이어서 둘을 소개해주기도 했다. 지금은 페이스북에서 서로 안부를 묻는 친구 사이가 되었다.

협상이 타결되고 협정문 문안에 대한 합의가 이루어지면 본격적인 법률검토 *Legal Scrubbing*가 이뤄진다. 협상의 결과물인 협정문은 양국을 구속하는 법적 구속력이 발생하기 때문에 텍스트 전체를 신중하게 다시 검토하는 과정이다. 사소한 문법 실수나 표현을 수정하는 것뿐만 아니라 양측이 합의한 내용대로 정확히 반영되었는지, 즉 협정문이 양측의 의사와 합치되게 해석이 되는지, 양국의 국내법과 충돌하는 조문은 없는지 등의 법적인 부분까지 총체적인 재검토를 한다. 법률검토는 다시 워싱턴에서 하게 되었다. 일주일 동안 수백 페이지가 넘는 협정문을 검토해야 하는 지난한 작업이었다. 이른 아침부터 양측 대표단이 마주 앉아 커다란 스크린에 텍스트를 띄우고 조문을 하나하나 검토하며 양측의 합의 하에 하나씩 수정을 해나갔다.

한-미 FTA, 한-EU FTA 오역을 수정하면서 한국어로 번역이 제대로 되지 않은 경우를 많이 보았다. 영문의 오류 또는 모호한 수식 구조 때문이었다. 특히 수식 관계가 명확하지 않은 부분을 번역하는 것이 제일 까다로웠다. 협상을 하다 보면 때로는 의도적으로 모호한 표현을 그대로 남겨두는 경우도 있고, 양측의 입장 대립으로 오류를 어쩔 수 없이 수정하지 못한 채 서명하는 경우도 발생한다. 그러다 보니 번역이 어려울 수밖에 없다. 그래서 나는 이번 법률검토 때 그런 부분을 최대한 줄인다면 좋은 한국어 번역본이 나올 수 있지 않을까 생각했다.

여러 가지 의견을 피력했는데 그중 한 가지 유용한 팁이 있다. 바로 콤마를 사용하는 것이다. 'A, B, C, and D'와 같은 구조에서처럼 여러 개의 대상을 나열할 때 'and' 앞에 쓰는 시리얼 콤마^{Serial Comma, 열거용 콤마}는 수식 관계를 명확하게 구분해준다. 일반문서에서는 거추장스럽거나 불필요하게 보일 수 있다. 하지만 협정문과 같은 법률문서에서는 해당 문서가 실제 이행되었을 때 해석 문제로 피해가 발생하는 일을 방지하기 위해 필요한 테크닉 중 하나다.

점심을 먹을 때 옆에 앉은 콜롬비아 측 변호사와 이야기를 나누다 "기대해. 오후엔 콤마들이 훨씬 더 많이 몰려올 거야." 하고 농담할 정도로 한 챕터에서 수정한 콤마만 수십 개가 되기도 했다. 물론 변호사에게는 나도 웃으면서 말했고 그 변호사 역시 그런 방식이 마음에 든다고 했지만, 법률문서에서 콤마는 너무 중요하기 때문에 나는 조금도 물러설 생각이 없었다. 검토 기간 내내 회의장에서 스크린을 보며 열심히 "저기 콤마는 빼고, 여기 콤마를 넣고…"를 외쳤더니 나중에는 콜롬비아 측 변호사들이 나를 "*Comma Queen*^{콤마의 여왕}"이라고 부르기까지 했다.

일주일 남짓 계속되었던 검토가 끝나고 한국으로 돌아가기 전 짬을 내어 대표단과 함께 근처 시내로 나갔다. 워싱턴에서 유학을 했던 과장님이 안내해준 덕분에 우리는 편하게 둘러볼 수 있었다. 링컨기념관에도 갔는데, 벽에 링컨 대통령이 했던 말들이 새겨져 있었다. 누군가가 "어, 여기 콤마!"를 외쳤고 우르르 몰려가서 보니 내가 회의 기간 내내 그렇게 부르짖었던 시리얼 콤마가 벽에 새겨진 문장에 선명하게 찍혀있었다. 우리는 모두 서로를 바라보며 크게 웃었고, 그 앞에서 기념사진도 찍었다.

FTA 협상에서는 다른 것보다도 국익을 위한다는 일념으로 일하는 우리나라 외교관들의 애국심과 사명감이 기억에 남는다. 나 또한 협상장에 나오면 우리나라를 대표해서 이 자리에 나왔다는 사실을 잊지 않기 위해 노력했다. 나의 말 한마디는 한 사람의 개인이 아니라 우리나라 전체의 얼굴이 되는 것이다. 우리 측 의견을 전달하는 것도 내 개인의 생각이 아닌 우리나라의 입장을 대변하는 것이기 때문에 때로는 강하게 어필할 수 있어야 한다. 같이 일했던 과장님이 "여기서 내가 밀리면 우리나라가 밀리는 거야"라고 말했다. 이 말은 통역사인 내게 큰 울림을 주었다. 통역사로서 느끼는 책임감도 한층 더 무거워졌다.

"여기서 내가 밀리면 우리나라가 밀리는 거야."

이 말은 통역사인 내게 큰 울림을 주었다.

통역사로서 느끼는 책임감도 한층 더

무거워졌다.

어느 날, 새로운 기회가 찾아왔다. 통번역대학원에서 법 하나
률번역 강의를 하게 된 것이다. 대학원을 졸업한 지 2년밖에
되지 않았고 다른 강사들에 비해 나이도, 경력도 한참 모자
란 내가 과연 3시간짜리 대학원 강의를 할 수 있을지 확신이
없었다. 그렇지만 현장에서 일하는 사람으로서 학생들과 같
이 공부하며 배워나간다는 마음으로 임하면 잘할 수 있을 거
라는 지도교수님의 말씀에 이번에도 선뜻 해보겠다고 했다.

기회가 있으면 무모할 정도로 앞뒤 가리지 않는 성격 때
문에 늘 바쁜 나날을 보내고 있건만 일과 뒤늦게 입학한 고
려대 대학원 수업, 여기에 강의까지 맡게 되어 그야말로 살
인적인 스케줄이 시작되었다. 주중에는 회사 일을 하면서 낮
에 학부 수업이 있는 날에는 반차를 쓰고 수업을 들은 후, 다
시 회사로 돌아가 야근을 했다. 저녁에 대학원 수업이 있는
날에는 점심시간을 반납하고 그날 끝내야 하는 일을 마무리
짓고 6시에 나와 서둘러 수업을 듣고, 밤늦게 집에 가서 과
제와 발표 준비를 했다. 게다가 토요일 아침 9시부터 법률번
역 강의가 있었기 때문에 한 주의 중반 이후부터는 수업 준
비도 틈틈이 하고 학생들이 제출한 과제에 피드백을 했다.

강의하는 것 자체가 처음이라 신경 쓸 수밖에 없지만, 더군다나 법률번역 수업은 일반번역 수업에 비해 준비해야 하는 부분이 훨씬 더 많았다. 3시간을 어떻게 알차게 채워야 할지 막막한 한편, 초보 강사를 믿고 따라와주는 만큼 학생들에게 조금이라도 불이익이 돌아가게 하고 싶지 않았다.

One ▶

법률문서는 일반문서와 달리 읽히는 데서 끝나지 않고 실제 적용으로 이어지므로 최소한의 기초적인 법률 지식과 법률가의 마인드가 우선되어야 한다. 그렇지 않으면 원문을 정확하게 읽어내고 해석할 수 없다. 나는 먼저 이론 강의부터 준비했다. 당시에 나도 고려대에서는 법대 석사과정 신입생일 뿐이었는데 국제법 전공수업 때 들었던 내용을 정리하고, 다시 공부해서 강의할 자료로 만들어 학생들에게 이해시키는 일은 예상보다 더 어려운 과정이었다. 강의를 하면 나도 공부가 될 거라는 말이 어떤 뜻인지 절감했다. 강의 자료를 만들다 막히면 학교 동기, 선배부터 친분이 있는 변호사, 검사 등 법조계에서 일하는 분들에게까지 실례를 무릅쓰고 새벽마다 귀찮게 했다. 학교에서 수업을 듣다가도 학생들에게 알려주면 좋을 것 같은 내용이나 케이스는 메모해놓고 자료로 만들어두었다. 회사에서 일할 때도 마찬가지였다. 실무에서 접하는 번역 오류들은 좋은 사례이므로 수업 시간에 적극 활용했다. 나만 잘해서 되는 일이 아니라는 생각에 책임이 막중했다. 누군가를 가르치는 일은 내가 하고 있던 모든 일 중에서 가장 부담이 되었다. 강의를 한 지 8년이 다 되는데 좀처럼 익숙해지거나 편해지지 않는다.

　이론 강의뿐만 아니라 수업 시간마다 학생들 수준에도 맞고 수업 취지에도 알맞은 텍스트를 고르는 일 또한 녹록지 않았다. 인터넷에서 쉽게 검색해서 구할 수 있는 흔한 문서들은 사용하고 싶지 않았다. 그렇다고 해서 내가 일하며 접했던 문서들을 사용하려니 대부분 기밀문서라 적절한 절충안을 찾기가 쉽지 않았다. 과제를 하는 학생들도 어려운 텍스트를 번역하느라 애를 먹었겠지만 나도 학생들의 과제를 검토하고 일일이 피드백을 하느라 몇 배로 많은 시간을 들였다.

　일반문서 번역은 하나의 정답이 있는 것이 아니고 번역사에게 주어지는 재량이 큰 편이다. 그러나 법률문서는 맞고 틀리고가 비교적 명확하다. 일반문서는 텍스트를 해석하는 것보다 더 좋은 표현으로, 더 자연스럽게 옮기는 데 드는 시간이 훨씬 더 길다. 그리고 그것이 미덕으로 여겨진다. 법률문서는 텍스트 자체를 정확하게 해석하는 것이 절반 이상의 노력을 요구한다. 인고의 의미와 근거가 충분히 파악되었다면 정답을 찾은 것이니 미련거리이기 때문에 이를 정확하게 옮기는 것은 비교적 시간이 덜 들 수 있다. 물론 정확한 용어를 찾는 과정이 까다롭다. 또 일반문서의 경우, 특히 소설과 같은 예술 분야는 사소한 오역 또는 표현의 변화가 있더라도 번역사의 재량으로 간주할 수 있지만, 법률문서의 오역은 실제 피해로 이어질 수 있다. 그래서 보통 일반번역 수업 시간에는 원문 텍스트에서 한 걸음 떨어져서 새로운 글을 쓰는 기분으로 자연스럽게 번역하는 것을 연습한다. 번역이론에서는 에일리어네이션^{Alienation}이라고도 한다. 하지만 법률 번역 수업에서는, 더 정확하게 내가 수업할 때는 그런 일은 있을 수 없다. 번역사의 재량은 허용되지 않는다. 오히려 원문 텍스트에 바짝 붙어 그 의미를 빠뜨리지 않고 옮겨야 한다. 한국어의 자연스러움을 표현하기보다는 정확성이 우선이기 때문이다. 일반인들이 법률문서를 보면 쉽게 이해가 되지 않는 이유가 바로 그래서이다. 종종 학생들에게 법률문서는 아주 고고하고 도도한 문서라고 농담하기도 한다. 법률문서는 독자들을 위해 고개를 숙이지 않는다. 알고 싶으면 아무리 어렵더라도 독자가 해석하기를 요구하는, 사람에 빗대자면 자존심이 세고 콧대 높은 부류의 사람들처럼 느껴진다.

수업 시간 중에는 모든 학생들의 번역을 일일이 살펴볼 수가 없으므로 공통적으로 어려워하거나 특별히 주의해서 번역해야 하는 부분, 또는 다 같이 고민해보면 좋을 만한 부분 위주로 다룬다. 잘된 번역과 그렇지 않은 번역을 비교해보고, 더 나은 대안을 제안한다. 과제에 개별 피드백을 할 때는 수업 시간에 함께 살펴보지 못한 부분까지 코멘트한다. 학생들이 피드백을 꼼꼼하게 볼지, 몇 초 만에 휙 읽고 가방에 넣을지는 모르겠지만 책임감에 늘 성의를 다했다. 후에 졸업생들이 취업해서 법률문서를 다룰 때 수업 시간에 배운 내용들이 그대로 나와 놀랐다며 내가 줬던 피드백이나 자료들을 찾아본 덕분에 도움이 많이 되었다는 연락을 받을 때가 있다. 내 일을 소홀히 하지 않고 성실히 완수했다는 것을 확인받은 것 같아 안심이 되었다.

수업에서 중요시했던 점은 비법대생, 즉 법학 전공이 아닌 학생들에게는 딱딱하고 어렵게만 느껴질 법률번역을 조금이나마 쉽게 접근할 수 있게 하는 것이었다. 기본적인 법학 개념에 대한 이론 강의와 과제로 낸 번역을 살펴보는 것, 그리고 법률용어를 익히는 것도 중요했지만 어려운 내용을 최대한 어렵지 않고 재밌게 느끼게 하는 것이 내겐 우선이었다. 그 방법 중 하나가 영상 자료였다. 미디어에서 접할 수 있는 크고 작은 국내외 사건 사고와 관련된 텍스트일 경우, 해당 뉴스나 인터뷰 영상을 활용하는 식이다. 또 드라마나 영화, TV 쇼를 보다 수업 시간에 활용할 수 있는 장면이 나오면 영상을 챙겨두었다. 그런 노력에도 불구하고 매 학기 강의평가에 빠지지 않고 나오는 피드백은 "너무 어렵다"는 것이다. 어쩔 수 없다. 대학원이라는 울타리 안에서 공부할 때와 그 울타리를 벗어나 사회에 진출해서 전문 통역사로 일을 할 때 요구되는 결과물의 수준은 천지 차이니까. 학교에서는 실수하고 틀리는 것이 배우는 과정의 일부로 용납이 되지만 사회에 나오는 순간 상황은 달라진다. '내가 이걸 어떻게 알아' 하는 생각이 들 정도로 높은 수준의 전문성과 완성도를 요구하고, 그에 미치지 못할 경우 결과는 매우 냉정하다. 적어도 내게는 그랬다.

학생들이 좌절하고 포기하지 않도록 거듭 칭찬하고 쉬운

인생도 통역이 되나요

텍스트로 다독여가며 수업하는 게 좋다고 생각하는 이들도 있지만 나는 생각이 다르다. 통번역대학원 학생들의 목표가 단지 졸업시험을 통과하는 것이 되어서는 안 된다. 졸업시험에 합격하는 것이 눈앞에 놓인 현실적인 목표임은 분명하지만, 그것을 궁극적인 목표로 삼고 대학원 생활 2년을 오직 그 수준에 맞추어서는 안 된다는 뜻이다.

사회에 나왔을 때 수업에 맞게 적당히 편집한 텍스트가 아니라, 실무에서 실제로 쓰이는 텍스트 그대로를 전문가 못지않은 지식을 가시고 번역해낼 수 있도록, 학교와 실무 간의 차이를 최대한 줄이고 싶었다. 그게 학생들보다 먼저 이 길을 걸어온 내가 후배들에게 해줄 수 있는, 그리고 해주어야 할 몫이라고 생각했다.

내 수업은 조용한 분위기여서 나는 학생들이 원래 차분한 편인 줄 알았는데, 다른 수업 시간에는 학생들이 너무 활발하고 에너지가 넘쳐 열띤 토론을 중단시키기가 어렵다는 다른 강사 선생님의 이야기를 듣고 적잖이 놀랐다. 일반번역이나 통역 수업 때는 텍스트 성격상 하나의 정답만 있지 않기 때문에 배경지식보다는 각자의 창의성이 더 빛을 발하는 경우가 많다. 어떤 경우에는 강사보다 학생들이 훨씬 더 좋은 대안을 생각해내기도 한다. 내 수업 시간에는 아쉽게도 본인의 생각을 자신 있게 말하는 학생은 없었다. 학생들 모두 내가 하는 말을 받아 적기에 여념이 없다. 혹여 내가 질문을 하면 강의실 가득 정적이 흐르고, 서로 눈치만 본다. 딱딱하고 어려운 내용이니 그럴 수밖에 없겠지 싶어 이해가 가면서도, 동시에 더욱더 많은 책임감을 느낀다. 오롯이 내가 전달해줘야 할 내용이 강의의 대부분을 차지하기 때문이다.

쉬운 내용이라면 내가 아니어도 학생들 스스로 해결할 수 있는 능력이 분명 있을 것이다. 나의 욕심은, 내가 아닌 누구라도 할 수 있는 수업을 하고 싶은 마음이 없다는 데 있다. 지난해 수업 때 사용했던 텍스트를 올해 다시 보면 설명할 수 있는 내용이 더 많아진다. 일 년 사이에 법률문서를 보는 내 눈이 더 깊어지고 넓어졌다는 긍정적인 증거인 동시에, 지금 보지 못하는 부분들이 내년에 더 많이 보일 것이므로 아직 부족하다는 부정적인 증거이기도 하다. 끊임없이 공부하는 수밖에 없다. 통번역대학원을 졸업하고 사회에 나와, 단지 몰라서 겪어야 했던 수많은 시행착오를 내 학생들은 겪지 않기를 바랄 뿐이다. 내 수업을 들은 학생들과 그렇지 않은 학생들은 분명 다를 것이라는 자긍심을 갖게 된다.

통번역대학원 시절을 떠올려보면 재밌던 통역에 비해 번역에는 흥미도, 자신도 없었다. 그렇다고 학점을 포기할 수는 없으니 거우 과제를 제출하는 게 고작이었다. 더 잘하고 싶은 욕심이 나거나 부족한 부분을 열심히 연습해서 채우려고 노력할 의욕은 크게 없었다. 명확한 정답 없이 수업 시간 내내 한 문장을 이렇게 번역한 학생과 저렇게 번역한 학생의 과제를 비교하면서 어떤 것이 더 자연스러운 표현인지, 더 나은 대안은 없는지 묻고 답하는 과정이 사실 내게는 지루했다. 오역이 아닌 이상 어떻게 번역해도 큰 차이가 없을 텐데 이 과정을 계속 반복해야 한다니, 흥미가 뚝 떨어졌다. 아이러니하게도 졸업하고 나서 법률번역이라는 새로운 장르를 접하며 번역에 매력을 느꼈다. 그 뒤로 나에게 번역이란 일반번역과 법률번역으로 나뉘었다. 번역사의 창의성이 허용되고 요구되는 일반번역과는 달리, 정해진 규칙과 질서를 지켜 어려운 수수께끼를 풀고 복잡한 퍼즐을 맞춰야 완성되는 법률번역의 과정이 내게는 더 재미있었다. 점점 더 그 매력에 매료되어 지금까지도 푹 빠져있다.

법정에서도 통역사가 필요하다

"주문, 피고인의 무죄를 선고한다."

방청석에 앉아있던 가족들은 참아왔던 울음을 터뜨렸고, 타닥타닥 기자들의 타이핑 소리가 거세졌다. 앞 사건을 맡은 통역사가 출석하지 않은 바람에 내가 선고만 통역하게 된 것이다. 내 사건은 아니었지만 나도 모르게 마음속으로 안도의 한숨을 내쉬었다. 그 순간 피고인석에서 혼자(선고 기일에는 큰 사건이 아닌 경우 변호인이 참석하지 않는 경우가 많다) 여전히 불안에 떨며 나만 바라보고 있는 피고인의 모습이 눈에 들어왔다.

'어쩌, 피고인은 한국어를 알아듣기 못한다.'

나는 얼른 마이크에 대고 방금 선고된 주문을 영어로 통역했다. 내 입에서 "*Not Guilty*^{무죄}"라는 단어가 나가는 순간 피고인은 다리에 힘이 풀렸는지 거의 바닥에 주저앉다시피 했고, 판사가 아닌 나에게 여러 번이나 허리를 숙여가며 영어로 고맙다는 인사를 했다. 얼마나 불안하고 긴장되었을

지. 1초라도 더 빨리 재판 결과를 통역해주지 못했던 게 미안해졌다.

보통 형사재판은 피고인이나 피해자 또는 증인이 외국인일 경우, 민사재판은 증인이 외국인일 경우 진술을 통역하는 경우가 흔하다. 피고인이 구속 중인 경우에는 접견을 하기 위해서 변호인과 함께 구치소에 동행하기도 한다. 법정 통역을 시작한 건 대학원 재학 시절 호기심에 서울중앙지방법원에서 아르바이트를 하면서부터였다. 처음에는 비교적 금방 끝나는 난민행정심판 통역을 가끔 하는 게 전부였다. 해를 거듭할수록 점점 형사, 민사재판 통역 의뢰가 더 많이 들어오기 시작했고, 지금은 1심뿐만 아니라 항소심 재판 통역도 맡고 있다. 내가 소속되어 있는 서울중앙지법뿐만 아니라 다른 지방법원이나 심지어 가정법원에서까지 의뢰가 오기도 한다.

통역사로 일하면서 가장 뿌듯할 때는 누군가 내게 의지하고 있다는 걸 느끼는 순간이다. 큰 규모의 국제회의에서 리시버를 끼고 내가 하는 통역을 들으면서 웃거나 고개를 끄덕이는 청중을 발견할 때면 가슴이 설레곤 한다. 그중 법정은 내게 의지하고 있다는 느낌을 강하게, 그리고 무겁게 느끼는 곳이다. 서울중앙지법에 자주 갔을 때, 담당 판사가 이런 말을 한 적이 있다.

"재판을 받으러 오는 피고인들에게는 이 재판이 그 사람의 인생을 좌우하는 단 한 번의 일일 수도 있습니다."

통역사인 내가 하는 일은 재판 결과에 어떤 영향도 주지 않는다. 사건의 사실관계를 잘 알지 못한 채 통역을 해야 하는 때도 많다. 그런데도 피고인들은 내가 자신의 말을 알아들어 주는 유일한 사람이라는 생각에서인지 가끔은 그 이상으로 나에게 의지하기도 한다. 나도 사람인지라 중범죄를 저지른 피고인들은 통역을 하기가 내키지 않을 때도 있고, 반대로 안타까운 사연을 가진 피고인들의 진술을 통역할 때는 감정 이입을 하지 않으려 무던히 애를 쓰기도 한다. 변호인 접견 도중에 눈물을 뚝뚝 흘리며 말을 잇지 못하는 피고인을 마주하고 앉아있으면, 이내 내콧등도 시큰해진다.

아는 판사님과 이야기하며 이런 마음을 털어놓았더니 판사, 검사, 변호사보다 통역사인 내가 느끼는 감정이 더 힘들 거라고 공감해주었다. 판사는 서면으로 제출되는 기록을 보고 판단하는 것이 일반적이고, 검사나 변호사도 어쨌든 통역사를 통해 전해 듣기 때문에 피고인의 감정을 직접적으로 느끼지 않는다. 반면 통역사는 가장 가까이에서 그들의 말을 듣고 통역하기 때문에 감정을 고스란히 느낄 수밖에 없다. 법정의 생각 재시장, 판결이 선고되기 직전의 순간이 걸렸던 피고인이 마음을 추스르고 돌아시는 순간 그의 표정을 볼 수 있는 사람은 아닌 통역사이다. 결과를 받아들이기 힘들어 허망한 표정으로 자리를 떠나지 못하기도 하고, 애써 덤덤한 얼굴을 하다가도 참지 못하고 눈물을 흘리기도 한다. 선고를 듣고 판사를 향해 허리를 숙여 필요 이상으로 예의 바르게 인사를 하더니 돌아서서 나오며 입 모양만 봐도 무슨 말인지 알 수 있는 욕을 하는 피고인도 있었다.

몇 년 전, 피고인이 구속되는 모습을 처음 본 날은 무슨 감정인지 알 수 없는 무거운 감정이 내내 가시질 않았다. 뉴스에서만 보던 하얀 포승줄로 손이 묶이는 장면을 직접 보는 것은 생각보다 마음이 편치 않았다. 얼마 전 중앙지법에서 내가 맡은 재판의 앞 사건 재판이 진행 중이었는데 피고인이 9명이나 되었다. 모두 20대 초반의 앳되어 보이는 청년들이 있다. 내 사선이 아니어서 십중해서 듣지 않았는데, 갑자기 '범죄단체'와 '법정구속'이라는 단어가 귀에 번뜩 들어와 고개를 들었다. 부모와 친구들로 보이는 방청석을 가득 메우고 있던 사람들이 다들 탄식을 하고 울음을 터뜨리기도 하느라 법정 전체가 술렁였다. 경위와 교도관들은 9명의 피고인을 데리고 피고인석 옆문으로 들어갔고, 방청석에서 이를 보는 부모들은 자식의 이름을 부르며 바닥에 주저앉아 거의 쓰러지다시피 했다. 무슨 범죄를 저질렀길래 가차 없이 구속되는 걸까 싶었다. 일단 궁금한 마음을 뒤로하고 내가 맡은 다음 재판 통역에 집중했다.

재판이 끝나고 밖으로 나오니 그날은 유난히 날씨가 화창하고 맑았다. 법원 앞마당의 나무들도 초록빛이 짙게 빛나고 있었다. 내 눈앞에서 구속된 9명의 피고인들의 앞날도 이렇게 푸르고 싱그러웠을 텐데, 괜히 마음이 먹먹해졌다. 적법하게 살아온 덕분이지만, 어찌되었든 지켜진 나의 날들을 허투루 흘려보내지 말아야겠다고 새삼 다짐했다.

중범죄를 저지른 범죄자들에게는 무거운 처벌을 내려야 마땅하다. 그런데 법정 통역을 하면서 때로는 진심 어린 믿음이 더 큰 힘을 발휘할 수도 있다는 것을 느꼈다. 항소심 재판은 1심 재판과는 달리 사실상 더 이상의 기회가 없다고 생각해서인지 피고인들의 눈빛이 더욱 간절하다. 그날도 결국 항소는 기각되었다. 판결 선고 후, 교도관들이 깊이 상심한 표정의 피고인을 데리고 들어가려는데 판사가 잠시 이를 멈추더니 한 마디를 덧붙였다.

하나

"후회가 크겠지만 자신이 저지른 죄를 면할 수는 없다. 피해자에게 사죄하는 마음으로 형을 살아라. 그렇지만 이것으로 인생이 끝났다고는 절대 생각하지 말아라. 일 년 뒤에는 너의 앞에 주어질 밝고 찬란한 인생을 충분히 살아라."

태어난 순간부터 한 인간으로서 가지는 존엄성, 그리고 우리에게 당연히 주어지는 인생이라는 것은 한 번의 잘못된 선택으로 그 모두를 잃어버리기에는 너무나 소중하다는 것이었다. 피고인도 분명 판사의 말에 담긴 의미를 이해했으리라 믿는다.

뉴스에서 떠들썩하게 다뤘던 사건의 주인공을 구치소에서 직접 대면하고 그의 말을 통역하는 것은 아직도 낯설다. 성폭행 사건 피고인이 재판이 끝나고 나가면서 내게 문을 열어주려고 손을 뻗었을 때 나도 모르게 움찔하며 피했던 적도 있다. 구치소 접견 통역을 가서 변호인 대기실을 지나 접견실로 들어가는 순간부터는 수감자들과 눈이 마주치면 겁이 나기도 하고, 접견이 끝나고 혼자 대기실까지 와야 하는 날에는 고개를 푹 숙인 채 나도 모르게 걸음이 빨라진다. 강력범죄 혐의를 받는 피고인들을 대면하는 것은 아직, 어쩌면 앞으로도 익숙해지지 않을 일일 것이다. 외국인 피고인이 자신은 결백하다며 판사가 아닌 나를 향해 무릎을 꿇고 양손을 위로 든 채 눈물을 흘리며 자신의 말을 믿어달라고 호소했는데 결국 거짓임이 입증되어 괜한 배신감이 든 적도 있다. 그럼에도 통역인 소환장이 오면 거절하지 못하고 법원으로 향하게 된다. 적어도 내게는 가치 있는 일이기 때문일 텐데, 쉽게 정의하지 못하는 알 수 없는 사명감은 해결하지 못한 미제 사건처럼 그 근거를 찾지 못했다.

한 사람의 인생을 바꿔놓을 수 있는 판결이 선고되는 법정이라는 공간에서 사람의, 그리고 삶의 다양한 면모를 본다. 혼자 한국에서 포장마차를 하며 세 딸을 대학까지 보낸 인도 국적의 피고인이 새벽 시장에서 곧바로 법원으로 왔나. 밤을 뻘뻘 흘리면서 흙이 묻은 가신이 수을 퇴서즈에 미구 문지른 후 내게 고맙다며 악수를 청한다. 횡령 혐의를 받고 있는 피고인이면서도 회장이라는 지위가 법원에서도 적용되는 것처럼 대우받으려는 이도 있다. 까맣고 커다란 승용차를 줄줄이 대동하고, 부하 직원들은 마치 방청석에 특별석이 따로 있는 것처럼 의자 주변의 먼지를 털고 회장을 안

내한다. 가만히 지켜보던 회장은 나를 보고는 잘 부탁한다면서 악수를 청한다. 내겐, 그리고 법정에선 그저 똑같은 피고인일 뿐인 것을.

"그 사람이 처한 상황과 그 사람이 필요로 하는 것, 그리고 그 사람이 이루고자 하는 것을 알면 그 사람의 모든 행동을 이해할 수 있다."

하나

오래전에 이런 글귀를 읽은 적이 있다. 그 어떤 화려한 명언보다 이 글귀가 내 마음속 깊숙이 자리하고 있다. 일반적인 통역을 할 땐 말하는 사람의 메시지를 파악해야 하므로 그 사람을 이해하는 것이 필요하기도 하고, 또 많은 도움이 되기도 한다. 그러나 과연 내가 통역사로서 피고인, 피해자, 증인 등 재판 당사자들을 이해할 필요가 있는지, 이해하려는 시도가 옳은 것인지 잘 모르겠다. 한 검사님이 내게 해준 말처럼 재판이 진실을 찾아가는 과정이라면 나는 그 과정에서 내가 살지 않은 다른 모습의 삶들을 통해 거꾸로 나 자신을 찾아간다. 그렇게 나는 법정에서 인생을 배운다.

통역사로 일하면서 가장 뿌듯할 때는 누군가
내게 의지하고 있다는 걸 느끼는 순간이다.
그중 법정은 내게 의지하고 있다는 느낌을
강하게, 그리고 무겁게 느끼는 곳이다.
피고인들은 내가 자신의 말을 알아들어 주는
유일한 사람이라는 생각에서인지 가끔은
그 이상으로 나에게 의지하기도 한다.

세계 정상급 리더들을 만나다

통역사로서 나의 꿈은 정상회담 통역을 하는 것이었다.
외교부 국제법률국에서 인하우스 통번역사로 일할 땐 한 달
에 한 번 꼴로 조약 서명식이 있을 때마다 청와대에 들어갔
다. 서명식 보좌를 하는 서기관을 따라 1차 검색대를 거친
다. 내부에서 사진 촬영은 금지되어 있으므로 휴대폰 카메
라에 청와대 무늬가 새겨진 스티커를 붙인다. 그리고 연풍
문에서 다시 소지품 검사를 하고 의전과 서기관을 따라 건물
안으로 들어가 마지막 검색대를 통과해 비표를 받고 접견실
까지 간다. 처음에는 뉴스에서만 보던 청와대에 들어와있다
는 사실이 신기하기만 했다.

서명식은 양국 정상의 양자 회담이 끝나면 때에 따라 확
대 회담이 이어지고, 그 직후 기자들에게 공개된 서명식장에
서 협정 또는 양해각서^{MOU}에 서명하여 서로 교환하는 일종
의 세리머니다. 양국 정상을 근접촬영할 수 있는 허가를 받
은 청와대 출입기자들만 서명식장에 들어올 수 있다. 회담
이 정확히 언제 끝날지 아무도 알 수 없기 때문에 서명식장
에서 대기하는 모든 사람은 늘 긴장 상태다. "대통령께서 입
장합니다"라는 소리가 들리는 순간, 일제히 카메라 플래시

하나

가 터지고 모두가 리허설 때 맞춘 동선에 따라 일사불란하게 움직인다. 서명식은 의전이 매우 엄격하고 까다로운 성격의 행사기 때문에 사전에 계획하고 연습한 대로 진행되어야 한다. 작은 것 하나라도 어긋나면 외교적 결례로 이어질 수 있어 실수는 용납되지 않는다. 그렇기 때문에 서명식이 끝나는 순간까지 모두 숨죽이고 있다. 양국 의전팀 간의 신경전도 만만치 않다. 서명식장 뒤편과 서명식 테이블 위에 세워두는 국기의 색깔과 채도가 조금이라도 달라서는 안 되고, 세워두는 각도 또한 오차가 있어서는 안 된다. 국기가 천으로 되어 있어 자꾸만 각도가 흐트러지는데 몇 번이고 매만지고 있기도 한다. 서명할 때 사용하는 펜을 올려두는 위치까지 여러 각도에서 확인한다. 그 과정에서 각국의 관례가 달라 의견이 부딪치기도 한다.

국가 이름을 언급할 때도 'South Korea'가 아닌, 정식 명칭 'the Republic of Korea'라고 말해야 하고, 협정문에는 교차표기 원칙을 지켜야 한다. 즉, 우리 측이 보관하는 원본에는 협정문의 제목이나 본문에 우리나라 국가명이 먼저 표기되어야 하고, 서명란에도 우리나라의 국가명이 왼쪽에 표기된다. 마찬가지로 같은 원본이지만 상대가 보관하는 문서에는 상대국의 국명이 먼저, 그리고 서명란의 왼쪽에 표기되어야 한다.

동일한 협정문 원본이지만 서명 후 우리나라가 보관하는 문서에는 "군사 비밀 정보 보호에 관한 대한민국 정부와 영국 및 북아일랜드 정부 간 협정[11]"이라고 표기가 되어 있지만 영국이 보관하는 문서에는 "군사 비밀 정보에 관한 영국 및 북아일랜드 정부와 대한민국 정부 간[12]"이라고 표기되는 식이다. 본문도 마찬가지다. 문안은 동일한데 국가명만 순서가 바뀌는 것이기 때문에 자칫 실수하기가 쉬워 준비할 때 여러 번 검토하더라도, 당일 양측 실무자들이 만나 최종 점검을 할 때 잘못된 부분이 발견되는 비상사태가 생기기도 한다. 사용하는 단어 하나까지 의전 규칙에 따라 엄격하게 진행되는 청와대 행사에 다니며 트레이닝 된 덕인지 나는 프리랜서로 일하며 국제행사에서 영어로 *MC*를 볼 때도 애드리브가 없는 편이다.

청와대도 자주 가다 보니 익숙한 곳이 되었다. 접견실에 오늘은 어떤 다과가 차려져 있을지 기대되기도 하고, 식장 내 아무도 모르는 곳에 몰래 펜과 포스트잇을 숨겨두는 꼼수도 생겼다. 무엇보다 눈여겨볼 수밖에 없었던 점은 상대 국가 정상들의 태도였다. 미셸 오바마의 영향력 때문인지 영부

인생도 통역이 되나요

11) Agreement between the Government of the Republic of Korea and the Government of the United Kingdom of Great Britain and Northern Ireland on the Protection of Classified Military Information

12) Agreement between the Government of the United Kingdom of Great Britain and Northern Ireland and the Government of the Republic of Korea on the Protection of Classfied Military Information

인이나 왕비, 여성 장관들을 더 주의 깊게 보게 되었다. 그들은 우아하면서도 차분하게 정치적인 면모를 보여주기도 하고 패션 스타일 역시 주목할 만했다. 화려하고 눈에 띄게 입는 사람, 단정한 차림인 사람 등 모두 달랐다. 특히 빌럼 알렉산더르 네덜란드 국왕과 함께 방한한 막시마 소레기에타 왕비는 아직도 생생하게 기억이 난다. 에메랄드빛 원피스를 입고, 같은 색의 귀걸이와 팔찌, 그리고 패시네이터까지 착용했는데 화사한 모습이 좋은 인상으로 남아있다.

외교부에서 일을 하다 보면 청와대뿐만 아니라 다른 나라로 순방 출장을 갈 일도 생긴다. 그중에서도 중동 4개국 순방 출장은 평생 가볼 일이 없을 것만 같은 국가에 간다는 사실만으로도 설렜다. 쿠웨이트, 사우디아라비아, 아랍에미리트, 카타르 순이었는데 첫 국가인 쿠웨이트의 차창 밖으로 바라본 도시의 모습은 아주 삭막한 인상이었다. 바얀궁에서 우리나라 대통령과 쿠웨이트 국왕이 참석한 가운데 큰 사고 없이 첫 번째 서명식을 치렀다.

사우디아라비아에서는 히잡 또는 차도르를 써야 했다. 공항에 내려 대사와 사람들을 만나 전달받기로 한 터라 입국 수속을 마치고 바깥으로 나갈 때까지는 아무것도 걸치지 않은 상태였다. 그런 우리를 남자들이 아닌 오히려 여자들이 무섭게 쏘아보는 것에 놀랐고, 검색대에 줄을 섰더니 남자들만 이용할 수 있다며 여자들은 한쪽 구석에 마련된 방에서 따로 받아야 한다고 하여 또 놀랐다. 단지 여자이기 때문에 겪은 직접적인 차별은 단순히 말로 설명할 수 없는 억울함이 들게 했다. 입국부터 난항이었던 사우디아라비아에서 왠지 변수가 많은 상황이 펼쳐질 것 같은 느낌이었다.

곧이어 방문한 에르가궁은 어릴 적 동화에서 보았던 궁전이 현실 세계에 그대로 재현된 것만 같았다. 접견실이 온통 크리스털로 장식되어 있었고, 서명식장 옆 대기실은 천장이 높고 화려해 무도회장 같았다. 우리나라의 정상, 대통령을 청와대 정상 행사에선 *VIP*라고 부른다. *VIP*가 1호기인 대통령 전용기를 타고 도착하기 전날, 실무진은 미리 도착해 리허설을 한다. 그날도 점검을 마치고 모두 숙소로 돌아가 있었다. 그다음 날 얼마나 박진감 넘치는 하루가 펼쳐질지 아무도 모른 채.

아침에 기분 좋게 일어나 행사장으로 이동하는데 그때부터 조금씩 길이 막히기 시작했다. 의전 담당 직원들의 표정에 긴장감이 맴돌았고 다급한 무전이 오갔다. 당시 한국 측에서도 가장 큰 규모의 경제 사절단이 동행했던 만큼 사우디아라비아 측 경제인들도 대거 참석했다. 그러다 보니 평소보다 훨씬 많은 차량이 몰려 행사장 근처부터는 도무지 차기 속도를 내지 못했다. *VIP*보다 먼저 도착해 행사장을 점검해두어야 하건만, 우리 의전팀 차가 도로 위에서 꼼짝을 못하고 있었으니 다들 등에 식은땀이 흐를 지경이었다. 다행히 같이 이동 중이었던 주사우디아라비아 대사가 현지 운전기사에게 상황을 설명했고, 우리는 앞의 차를 추월해 갓길로 달리는 등 여러 수단을 동원해서 겨우 궁 앞까지 도착했다. 그런데 도착하자마자 또 다른 난관이 기다리고 있었다. 궁 앞에서 총을 메고 보안 검색을 하는 경호원들이 신원확인이 수월한 사우디아라비아 측 차량부터 통과시키고 있었던 것이다. 사우디아라비아 측 담당자들에게 연락해 상황을 해결해달라고 요청했지만, 아무리 기다려도 시간은 계속 흐르고 우리가 탄 차량을 도무지 통과시켜 줄 기미가 보이지 않았다. 대사님이 다시 한번 기지를 발휘해 경호원들에게 아랍어로 어필했다. 알아들을 수는 없었지만 다른 직원에게 물어보니 "우리는 정상 행사를 준비하는 대한민국 정부 대표단이고, 지금 우리나라 정상이 곧 도착한다. 빨리 들여보내 주지 않으면 행사에 차질이 빚어질 것이고, 양국 외교관계에까지 영향을 미칠 수 있다"라는 취지로 말한 것 같다고 했다.

세 번째 국가인 아랍에미리트에서 대표단이 머물렀던 숙소는 세계에서 손꼽히는 화려한 호텔 중 하나였다. 호텔이 눈에 들어오는 순간부터 그 규모에 입을 다물 수가 없었다. 이름부터 궁전을 뜻하는 'Palace Hotel'이었고, 차에서 내려 호텔 안으로 들어가니 바닥부터 기둥, 천장까지 온통 황금으로 도배되어 있었다. 실제로 기둥에서 금을 긁어내어 몰래 가지고 가는 사람들도 있다고 한다. 호텔 로비의 카페에서는 금가루를 뿌린 커피를 팔고, 한쪽에는 금괴를 파는 자판기도 있었다. 체크인을 하고 마치 루브르궁을 연상케 하는 홀을 지나 내 방까지 도착하는 데 조금 과장해서 15분은 넘게 걸린 것 같다. 그만큼 호텔이 너무 커서 행사를 준비하고 왔다 갔다 하는 데도 한참이 걸렸다. 서명식을 했던 알-무슈리프궁이나 행사를 치렀던 기억보다 호텔이 더 인상적일 정도였다.

마지막 국가인 카타르는 비교적 자유로운 분위기라 히잡을 쓰지 않아도 됐다. 외교부 건물에 도착했다는 운전기사의 말에 차에서 내려 한참을 어리둥절한 채 서 있었다. 아무리 둘러봐도 정부 기관처럼 보이는 건물이 없었기 때문이다. 알고 보니 고개를 한껏 뒤로 젖혀야 그 끝을 볼 수 있을 정도로 높고 휘황찬란한 건물이 외교부였다. 내부는 7성급 호텔 로비처럼 모던하게 꾸며져 있었다. 나는 늘 하던 대로 정부 마크가 찍혀있는 파일을 들고 다녔는데 카타르 외교관은 에르메스 실내화를 신고 루이뷔통 가죽 파일을 회의 테이블에 올려놓았다. 이것이 이 나라의 스케일일까. 다음 날 행사장에서도 마찬가지였다. 일부 서명을 미리 받아두느라 카타르 측의 장차관을 찾아다니며 서명을 부탁했는데 그중 한 차관이 내가 내민 볼펜을 보고는 화들짝 놀라며 *"Your pen is terrible!"*이라고 스킵하고는 번쩍이는 몽블랑 펜을 꺼내 서명을 하는 것이었다. 정부 대표단이라는 자부심에 그런 핀잔쯤은 개의치 않았다.

코로나19로 전 세계가 힘든 시기를 겪고 있는 요즘에는 그 어느 때보다 국가의 목적, 존립 근거, 그리고 수치화할 수 없는 국격이라는 추상적 개념들의 중요성이 피부에 와닿는

인생도 롤일이 되나요

다. 아무것도 모르던 시절에는 그저 멋있어 보인다는 이유로 국익을 위한 일을 하고 싶었고, 실제로 일하게 되었을 땐 나라를 위한 일을 하고 있다는 사실에 괜히 어깨가 으쓱하기도 했다. 시작은 이러했지만 국제법을 공부해나가면서 막연했던 나의 이상이 조금씩 구체화되고 방향성을 찾아가게 되었다. 그러면서도 여전히 외교문서의 문체가 멋스럽게 느껴지는 건 마찬가지다. 외교 현장에서 여러 나라 정상들의 모습을 보며 자연스레 내 안에 밴 취향일 것이다.

"*Accept, excellency, the assurances of my highest consideration.*"

통역사의 직업윤리

통역사들은 다양한 분야의 일을 맡아 통역하는데 언제
나 지켜야 할 의무가 하나 있다. 기밀 유지. 공개적인 행
사나 국제회의는 오가는 발표 내용도 자유롭고 생중계로 방
송되는 때도 있어서 통역사들이 특별한 신경을 쓰지 않아도
된다. 그러나 비공개로 진행되는 소규모 회의일수록, 또 사
안이 민감할수록 회의 도중에 오간 모든 이야기가 기밀인 경
우가 많다. 심지어 누가 참석했는지, 회의가 어디서 열렸는
지, 그리고 회의가 열렸다는 사실조차 비밀인 경우도 있다.
이런 일을 맡았을 때는 보통 비밀 유지 계약서[13]를 쓴다. 특
수한 상황도 있다. 규모가 크고 전 세계에 생중계로 방송되
는 행사이지만 직전까지 모든 것을 비밀로 해야 하는 것, 바
고 김밥 멧이 미일. 회교부 에시 빌릴 낸 싱나내 행사를 사무
맡아 익숙했는데, 프리랜시가 되고 나니 행사 진행의 질차나
의전에 대해서 익히 알고 있는데도 의뢰가 오면 그 어떤 때
보다 긴장을 늦출 수 없게 된다.

13) NDA, Non-Disclosure Agreement

2019년 6월 30일, 한미 정상회담을 코앞에 둔 때였다. 일본 오사카에서 열린 G20 정상회담에 이어 한국을 방문하는 미국의 트럼프 대통령과 문재인 대통령의 회담이 예정되어 있었다. 전 세계의 관심이 집중되었던 건, 비단 한미 정상회담 때문만은 아니었다. 6월 29일 오전 7시 51분. 트럼프 대통령이 트위터에 "DMZ에서 김정은 위원장을 만나 인사를 하고 싶다"는 내용의 메시지를 올린 것이다. 나는 한 방송국에서 정상회담 생중계 동시통역을 하기로 되어있었기 때문에 계속 뉴스를 수시하고 있었다. 방송국에 미리 노착해 동시통역 마이크와 TV 모니터, 그리고 PD의 큐 사인이 들어올 인이어 사운드를 체크하고 대기했다. 과연 김정은 위원장이 트럼프 대통령의 트윗에 응답할지 모두 숨을 죽이고 기다렸다.

청와대에서 양국 정상의 회담이 끝나고 기자회견이 시작될 때까지도 무슨 일이 일어날지 아무도 예측할 수 없는 상황이었다. 이때까지는 내 귀에도 사운드가 안정적으로 들어왔기 때문에 침착하게 동시통역을 할 수 있었다. 문제는 판문점으로 이동한 다음부터였다. 실내도 아닌 데다 방송국으로 들어오는 사운드를 잡는 마이크가 트럼프 대통령에게서 너무 멀리 떨어져 있는 바람에 수리가 희미했다. 취재 역기 또한 대단해서 기자들 간의 몸싸움도 있었다. 그러다 보니 마이크가 흔들리거나 부딪힐 때마다 인이어로 큰 소음만 들어오고 트럼프 대통령이 무슨 말을 했는지 거의 들리지 않았다.

드디어 모두가 기다렸던 순간이 왔고, TV 모니터 저편에서 거짓말처럼 김정은 위원장이 모습을 드러냈다. 카메라 플래시 소리가 커졌고, 기자들의 몸싸움은 더욱 격렬해져, 인이어로는 기자들끼리 서로 자리를 차지하기 위해 말다툼을 하는 소리가 들려왔다. 기자들과 문재인 대통령, 트럼프 대통령, 김정은 위원장 간의 거리가 멀어 무슨 말을 나누었는지 아무리 기를 쓰고 들어보려고 해도 제대로 들리지 않는 환경이 너무 안타까웠다. 그렇지만 역사적인 순간을 중계하는 데 일조한다는 마음으로, 또 내가 말하는 단어나 문장들이 즉각적으로 뉴스 자막에 올라가는 상황에서는 단어 하나라도 놓치면 안 되겠다는 생각에 정신 차리고 통역을 하지 않을 수 없었다.

하나

정상회담 이후, 한미 정상회담의 미국 측 참석자 중 한 명이었던 주한 미 대사와 울산 시장 간의 간담회 통역 의뢰가 들어왔다. 울산시청에서 개최될 예정이었는데, 간담회 당일 뉴스로 기사가 나가기 전까지 비밀로 해야 하는 조건이 있었다. 나는 전날 부산으로 내려가 가족들과 하룻밤을 보낸 후 울산으로 갈 계획이었다. 다들 궁금해했지만 나로서는 이런 사실 하나라도 가족들에게조차 발설할 수 없었다.

그해 11월에는 한-아세안 특별 정상회담이 부산에서 열렸다. 나는 회담 후 이어지는 서명식 사회를 맡게 되었다. 행사의 규모도 워낙 크고, 동시에 열리는 문화 행사들까지 겹쳐 통역사가 부족할 정도였다. 외교부 조약과에서 일할 때 매번 청와대에 가서 했던 행사가 조약 서명식이었던지라, 이번 행사를 맡은 의미가 컸다. 이미 언론에서는 다음 날 있을 양자 회담의 상대국을 공개했지만 사실 양자 회담은 즉석에서 없던 회담이 성사되기도 하고, 갑작스레 예기치 못한 상황이 발생해 취소되기도 한다. 게다가 민감하게 얽혀있는 외교관계 등 수많은 이유로 회담 직전까지 회담의 개최 여부를 공개하지 않는 국가도 있다. 당연히 엄격하게 기밀로 유지되어야 하는 사항들이다. 행사 전날, 서울에 와 계신 엄마와 함께 비행기를 타고 부산으로 내려갔다. 기내에서 옆자리에 앉은 엄마에게도 내일 있을 일에 대해 이야기하지 못한다. 행사 담당자와 통화하며 계속 바뀌는 상황을 업네이트받았는데, 엄마에게는 그저 뉴스로 보라는 말밖에 할 수 없었다.

서명식은 하나에서 열까지 모든 것이 사전에 치밀하게 계획된 대로 진행되어야 한다. 심지어 대통령이 행사장 문에서 걸어 들어오는 걸음 수까지 세어서 적시에 멘트해야 하고, 내가 하는 말에 따라 양측 서명자들이 움직인다. 그러니 통역 준비뿐만 아니라 사람들의 동선, 내부 분위기 등 전체적인 그림을 머릿속에 그려두어야 한다. 통역을 하면서는 조약이나 양해 각서의 정식 명칭, 그리고 정식 국가명을 한 번에 정확하게 읽어야 한다. 긴 명칭들을 말하다가 자칫 끊어있는 것은 놓치면 숨이 자 부상을 틈까시 나 읽시 못하는 낭상사가 생긴다. 채 2m도 되지 않는 곳에 양국 대통령이 서 있고, 내가 서 있는 포디움 바로 옆으로는 한국 측 서명자들이 순서대로 섰다. 외교부 장관 등 뉴스에서만 보던 인물들과 가까이 있으려니 더욱 긴장되었다.

모든 일이 끝나고 이번에도 '한-아세안 특별 정상회의'로

고가 새겨진 반짝이는 비표를 받았다. 태극기와 상대국 국기가 그려져 있는 배지와 함께, 동그라미, 세모 등 매번 다른 모양과 색깔의 배지가 하나 더 주어지는데 그게 비표다. 청와대 행사를 치렀을 때부터 받은 비표를 외교부 시절부터 수집하고 있었고, 프리랜서로 일하면서 받은 비표까지 더해져 이제는 꽤 많이 모였다. 모아둔 비표를 가끔 물끄러미 바라보면, 돌발 상황이 발생해 수습하느라 이리저리 뛰어다녔던 날들, 행사 하나하나에 스며있는 기억들이 새록새록 되살아난다.

하나

정상 행사 외에도 기밀을 유지해야 하는 일들은 많다. 그중 하나가 데포지션*Deposition* 통역이었다. 통역사가 된 지 10년 만에 처음으로 하게 된 일이었다. 그간 법률과 관련된 갖가지 통역을 많이 해보았다고 생각했는데 데포지션 통역을 해보고 나니 나의 커리어는 데포지션을 하기 전과 후로 나뉜다고 말할 정도로 새로운 도전이었다.

데포지션은 미국법상의 제도다. 법정에서 증인이 선서하고 증언하는 것은 대신에 법정이 아닌 곳에서 양측 변호사, 법정 속기사, 비디오 촬영기사, 통역사, 그리고 증인이 모여 증인신문을 하고 증언을 녹취하는 과정이다. 처음 통역을 맡은 사건은 국내 대기업 한 곳이 미국 법원에 다른 국내 대기업을 상대로 소송을 제기한 케이스였다. 미국 로펌이 대리를 맡았고, 나는 6~7명의 다른 통역사들과 함께 한 번에 2~3주씩 여러 차례 투입되었다. 미국 변호사들과 일해보는 것도 처음이었고, 데포지션이라는 미국 제도에 따라 진행되는 절차도 처음이었다. 무엇보다 대기업 간의 분쟁이기 때문에 언론에서도 연일 기사가 나갔고 두 회사가 엄청난 비용을 지불하며 싸우고 있었기 때문에 신경을 곤두세울 수밖에 없는 사건이었다.

One ⟩

데포지션에서 제일 중요한 것은 정확한 기록을 남기는 것이다. 우리 변호사가 상대측 증인을 신문할 때는 우리가 메인 통역사*Main Interpreter*가 되어 주도하고 상대 통역사는 '*Check Interpreter*'로서 우리가 하는 통역에 문제가 없는지 확인한다. 증인이 뱉지 않은 단어가 통역되거나, 뉘앙스가 미묘하게 달라지거나, 증인이 한 말이 온전히 통역이 되지 않으면 *Check Interpreter*가 이의를 제기하고 정정해서 기록에 정확한 진술을 남기도록 하는 것이다. 거액이 걸린 소송이어서 양측은 상대방에게서 유리한 대답을 이끌어내려고 치밀한 두뇌 싸움을 하는 것이나 마찬가지였다.

데포지션 과정에서는 같은 회사인데도 다른 부서일 경우엔 알 수 없는 회사 기밀들을 통역사들은 모두 듣게 된다. 특히 특허소송이라면 기술적인 측면에 대한 세밀한 부분까지 낱낱이 식섭 증언하는 것을 듣게 된다. 당연히 통역사들은 절대 어느 것 하나도 외부에 발설하면 안 된다. 미국법상 변호사와 의뢰인 간에는 비밀 유지 특권인 '*Attorney-Client Privilege*'가 있다. 변호사와 의뢰인 간에 주고받은 정보는 공개되지 않고 비밀로 한다는 원칙이다. 마찬가지로, 통역사와 의뢰인 간에도 소위 '*Interpreter-Client Privilege*'가 있는 것이다.

　요즘은 통역 시장에도 많은 변화가 생겼다. *10년 전 사람들이 떠올렸던 통역사의 모습과 최근 사람들의 머릿속에 떠오르는 통역사의 모습은 매우 다를 것이다.* 그럼에도 불구하고 변하지 않은, 앞으로도 바뀌어서는 안 되는 통역사의 모습은 기밀 유지를 철저히 준수하는 자세일 것이다. 자신의 커리어를 어필하고 노출하기 위해 어떤 회의를 통역했는지 *SNS*상에 알리는 이들도 많다. 하지만 일이라는 것은 상황에 따라 달라진다. 중요한 회의일수록, 기밀 유지가 절대적으로 요구되는 일일수록 어느 조용한 통역사가 소리 없이 바삐 움직이고 있을지도 모른다.

통역사들은 다양한 분야의 일을 맡는데 언제나
지켜야 할 의무가 하나 있다. 기밀 유지다.
요즘은 예전과 달리 자신의 커리어를 어필하고
노출하기 위해 어떤 회의를 통역했는지 *SNS*상에
알리는 이들도 많다. 하지만 변하지 않은,
앞으로도 바뀌어서는 안 되는 통역사의 모습은
기밀 유지를 철저히 준수하는 자세일 것이다.

2장　통역자의 프라이빗 라이프

나를 통역사의 길로 이끈 사람, 해리슨 포드

중학교 때쯤으로 기억한다. 영화 〈에어 포스 원Air Force One〉을 보게 되었는데, 초반부에 테러범 검거를 축하하는 성대한 연회 장면이 있었다. 모스크바에서 열린 연회는 러시아어로 진행되었고, 미국 대통령을 연기한 해리슨 포드도 연회장 앞 포디움에 서서 러시아어로 포문을 열고는 영어로 연설을 이어갔다. 그 순간 나는 화면에 보이지는 않지만 어디선가 흘러나오는 다른 목소리 하나를 들었다. 러시아어로 연설할 때는 영어로, 영어로 연설할 때는 러시아어가 흘러나왔다. 큰 연회장을 가득 메운 수많은 참석자는 다들 귀에 작은 기계를 끼고 그 기계에서 흘러나오는 목소리에 집중하고 있었다. 동시통역을 하고 있던 통역사의 목소리였던 것이다. 그 사실을 깨닫는 순간, 온몸에 싸릿한 신음이 돌았다. 내게 무슨 생각이었을까, 내가 저 목소리가 되어야겠다고 생각한 것. 각국의 정상들이 모인 중요한 자리라고 하더라도 통역사 한 사람이 없었다면 서로 의사소통을 하는 것이 불가능했을 것이다. 이런 생각에 한 번도 들어본 적 없는 통역사라는 직업에 대한 호기심이 생겼다.

어릴 때부터 영어를 좋아했다. 초등학교 방과 후 영어 회화 클래스에서 처음으로 영어라는 새로운 언어를 접할 때부터였다. 여태껏 말하고 들었던 언어가 아닌 새로운 말로 누군가와 대화를 할 수 있다는 것이 마냥 새로웠다. 스스로 재미를 붙이니 이것저것 해보고 싶었다. 친구와 팀을 구성해 영어 말하기 대회에 나가기도 하고 엄마를 졸라서 방문학습지로 영어를 공부했다. 하지만 그때까지만 해도 친구들과 영어로 게임하고 외국인 선생님과 대화를 하는 게 그저 좋았을 뿐이었다. 〈에어 포스 원〉을 보기 전까지는.

몇 년 후, 나는 영국 히스로 공항에 도착해 짐을 찾고 게이트를 통과하고 있었다. 기껏해야 아직은 학생에 불과했고, 몇 번의 해외여행을 다녀온 경험이 전부였다. 그런데도 검은커녕 영어를 말하며 살아가고 있는 사람들과 함께 생활해볼 수 있다는 사실만으로 흥분되었다. 혼자 외국 생활을 하는 것이 얼마나 힘들지는 안중에도 없었다.

모든 것을 잘 해낼 수 있을 거라 생각했는데 공항에 내리자마자 내 생각이 틀렸다는 것을 깨달았다. 사방엔 온통 외국인들뿐이었고 분명히 영어인데 알아듣지 못하는 말로 저마다 즐겁게 이야기를 나누고 있었다. 나도 영어를 배우고 왔는데 왜 저 사람들이 하는 말이 하나도 들리지 않는 걸까. 정말 단 한마디도 알아들을 수가 없었다. 영국에 오기 전에 영국식 발음을 들을 기회가 별로 없었던 터라 영국 악센트와 미국 악센트가 이토록 다를 것이라고는 상상도 못 했다.

공항에서의 충격을 시작으로 영국에서 고등학교에 다니

는 내내 언어의 장벽에 부딪히는 경험을 수도 없이 했다. 휴대폰을 사러 갔다가 원하는 요금제를 어떻게 설명해야 할지 몰라 더듬거리던 내 말을 가게 사장님이 알아듣지 못한 것이 너무 속상해 그날 밤 베개가 흠뻑 젖도록 울다 잠들었던 일, 친구랑 시내에 쇼핑하러 갔다가 계산대 앞에서 실수로 줄을 잘못 서 있었는데 그걸 지적한 아주머니의 말을 못 알아들어 창피당했던 일 등 영어 때문에 난처했던 순간들은 셀 수 없이 많았다. 친절한 호스트 패밀리를 만나 영국에서 지내는 동안 많은 도움을 받았지만, 집을 나서면 모든 것이 전쟁이었다. 한국에서는 영어 시간이 제일 즐거웠고 영어를 못 해서 주눅 든 적은 없었던 오만한 꼬마였다. 그런데 영국에 와서는 잘 알아듣지 못할까 봐 항상 긴장했고, 영어가 서툴러서 비웃음을 당할까 봐 뜻하지 않게 매우 조용한 동양 여자아이가 되어버렸다.

등교 첫날이었다. 교실에 앉아 주위를 둘러보니 내가 이 반의 유일한 동양인이자, 유일한 외국인이었다. 나를 제외하고 모두 영국 학생들이었다. 선생님이 들어오고 자신을 소개한 뒤 우리에게 돌아가며 자기 이름과 간단한 소개를 하라고 했다. 하필 내가 신생님 바로 옆에 앉은 바람에 선생님은 나에게 제일 먼저 질문을 했다.

"클로이, 넌 어디서 왔니? *Chloe, where are you from?*"

나는 질문을 알아들었다는 안도감에 1초도 망설이지 않

고 또박또박 대답했다.

"전 한국에서 왔어요!*I am from South Korea!*"

그 순간 뭔가 잘못되었다는 것을 직감했다. 모두 외국 학
생들로 구성된 어학연수 클래스가 아니라 영국의 일반 고등
학교 수업 시간이었기 때문에 당연히 학생들은 영국에 사는
영국 사람이라는 전제가 있었던 것이다. 선생님의 뜻은 내
국적이 아니라, 지금 어느 동네에 사는지를 물어본 것이었
다. 무슨 뜻으로 한 말인지 알게 되자 너무 창피해서 당장 교
실을 뛰쳐나가고 싶었다. 반 친구들은 다행히 착하고 호의적
이었다. 정말 운이 좋았다고 생각할 수밖에 없다. 쉬는 시간
이 되자 약속이라도 한듯 친구들이 우르르 몰려왔다.

"한국은 어디에 있는 나라니?"
"넌 몇 살이야? *17살? 16살?*"
"너는 무슨 말을 하니? 일본어? 중국어?"

같은 반 학생 중에 외국인이 있다는 것이 신기했던지 누
가 먼저랄 것도 없이 질문 공세였다. 나는 친구들의 질문을
다 알아듣고 차분히 대답했다는 안도감과 함께 한편으로는
서글펐다. 영국에 오기 전까지는 내가 태어나서 자란 대한
민국이 세상의 전부였는데 한국을 벗어나니 내 나라가 이렇
게 작게 느껴질 수가 없었다. 한류 열풍은 고사하고 반 친구

들은 한국이 어디에 있는 나라인지도 몰랐다. 한국은 중국과 일본 사이에 있다고 설명했더니, 당연히 내가 중국어나 일본어를 할 줄 안다고 생각했다. 그런데 내가 중국어도 일본어도 아닌 한국어를 말한다는 사실에 눈을 동그랗게 뜨고 되물었다.

"어머, 정말? 너희 나라도 언어가 있어?"

둘

처음엔 어떻게 그걸 모를 수가 있지 하는 생각이 들었다. 이후 나는 학교 친구들뿐만 아니라 동네 친구들, 이웃 주민들을 만나 티타임을 가지거나 식사에 초대받을 때마다 열심히 한국에 대해 알리려고 했다.

모두가 한국을 몰랐던 것은 아니었다. 친하게 지내던 이웃 아주머니는 놀러 갈 때마다 맛있는 스트로베리 크럼블을 구워주셨는데, 남편분이 유엔에서 근무해 한국에 대해 잘 알고 있었다. 나 대신 다른 사람들에게 한국은 전쟁을 겪은 후 짧은 시간 안에 민주주의와 산업화를 동시에 이루어낸 나라라고 소개해주기도 했다. 한국에 대해 더 알리고 싶어서 영어의 알파벳과는 완전히 다른 한글의 원리를 설명해주었다. 다들 마치 퍼즐 조각을 맞춰서 완성하는 그림 같다며 신기해했다. 내 마음속에서는 한 가지가 더 확고해졌다. 꼭 통역사가 되겠다는 결심이었다. 영국의 작은 마을 루이스*Lewes*에서 겪었던 언어장벽은 아무것도 아닐 수 있다. 통역사가 되어 한국 사람들이 국제 무대에서 언어 때문에 제 목소리를 내지 못하거나 불이익을 받는 일이 없도록 하겠다고 다짐했다. 세계 무대에서 활동하기 위해서는 다른 요소들도 필요하겠 지만, 말이 통하지 않는다는 이유로 일상의 사소한 것에서까 지 불편함을 절절하게 겪어보았기 때문에 언어에 있어서만 큼은 장벽을 무너뜨리는 데 도움이 되고 싶은 마음뿐이었다.

Two ➤

통역사의 프라이빗 라이프

학교 수업 과제 중에 영국 내의 회사와 실제로 연락해서 　둘
그 회사의 인사, 마케팅 등 전반적인 운영에 관해 조사하고
그것을 기반으로 나만의 사업을 구상하여 발표하는 것이 있
었다. 나는 눈앞이 캄캄했다. 영국 땅에 아는 사람 한 명 없
는데, 어느 회사를 어떻게 섭외하지? 친구들은 부모님이나
삼촌 회사 등 저마다 아는 사람을 통해 미팅 약속을 잡고 과
제를 시작했지만 나는 몇 주가 지나도록 아무것도 하지 못하
고 있었다. 그러는 동안 벌써 미팅을 마치고 사업 구상에 들
어가는 친구들이 하나둘 생겼다. 나는 여전히 방법을 찾지
못한 상태였다. 어디서부터 어떻게 시작해야 할지 몰라 막
막했고 조바심이 났다.

그 주 주말, 프랑스어 수업을 같이 듣는 친구들과 런던
으로 뮤지컬 공연을 보러 갔다. 과제가 걱정되긴 했지만 이
미 한참 전부터 예매해둔 공연이었고 잠시 과제 걱정을 떨
쳐버리고 싶은 마음도 있었다. 한 시간 정도 기차를 타고 런
던에 도착해서 공연장으로 걸어가던 중 포트넘 앤 메이슨
Fortnum & Mason 본사 건물이 눈에 들어왔다. 그 순간 '저거다!'
싶었다. 포트넘 앤 메이슨은 영국의 대표적인 티Tea 브랜드

다. 본사 건물은 층마다 초콜릿, 티, 잼, 나무 바스켓에서부터 시작해 인테리어 소품까지 다양한 상품을 판매하는 하나의 백화점 같았다.

영화 〈행복을 찾아서 *The Pursuit of Happyness*〉가 생각났다. 세일즈맨인 주인공이 미팅을 잡기 위해 수많은 고객에게 연락했다가 거절당한 후, 연락처 목록 제일 위에 있는 *VIP* 고객에게 무작정 전화를 걸어보는 장면이었다. 나는 집으로 돌아오자마자 포트넘 앤 메이슨 홈페이지에서 홍보 부서의 연락처를 알아내 메일을 보냈다. 결과는 예상했던 대로 아무런 연락을 받지 못했다. 그렇다고 포기할 수는 없었다. 그 주 일요일에 카메라와 노트를 챙겨 이번에는 혼자 런던행 기차를 탔다. 빅토리아역에 도착하자마자 곧바로 포트넘 앤 메이슨 건물로 가서 매장 구석구석을 돌아보며 회사의 이미지를 가장 잘 보여주는 상품이라고 생각되는 것들을 촬영하고, 어떤 고객들이 주로 그 상품을 사 가는지 관찰하고 메모했다. 서툴지만 나름의 시장조사를 해보려고 한 것이다. 집으로 돌아오는 길에는 보고 느낀 점들을 잊어버릴까 봐 흔들리는 기차에서 멀미를 참아가며 부지런히 노트에 적어 내려갔다. 집에 돌아오고 빈 다음에는 시간을 인회해 색색의 종이에 붙이고 캡션까지 곁들여 포트폴리오를 완성했다. 우체국에 가서 본사로 포트폴리오를 보냈다. 며칠이 흘렀다. 쉬는 시간에 평소처럼 친구들과 수다를 떨고 있었는데 저 멀리서 반 친구인 엘리엇이 내 전화기를 들고 뛰어오는 것이 보였다.

"클로이, 네가 해냈어!*Chloe, you've made it!*"

무슨 일인지 물었더니, 포트넘 앤 메이슨의 인사 담당자가 나와 미팅 약속을 잡고 싶어 한다는 것이었다. 전화를 이어 받아 가능한 스케줄을 조율했고 비로소 미팅을 잡는 데 성공했다.

약속 당일, 본사 사무실 리셉션에서 잠시 기다린 후 드디어 담당자를 만날 수 있었다. 생애 첫 비즈니스 미팅이었다. 담당자는 내가 보낸 포트폴리오가 매우 인상적이었다고 하면서, 이번 과제뿐만 아니라 내가 영국에 있는 동안 필요한 도움을 최대한 주겠다고 약속까지 했다. 두 시간에 걸친 미팅 내내 내가 이해하기 쉽게 비즈니스 개념들을 그림으로 그려가며 자세히 설명해주었다. 다음 날에도 필요할지 몰라 보낸다며 과제를 할 때 도움이 되었으면 좋겠다는 메시지와 함께 자료들을 메일로 보내주었다. 사람의 마음을 얻는 것이 쉬운 일은 아니지만 진심은 언제나 통하기 마련이라는 것을 실감했다. 부모님, 친구, 선생님 등 누구의 도움도 받지 않고 순신히 내 힘으로 나의 시원군을 만든 값진 경험이었다.

영국에서 지내는 동안 친구들과 선생님도 모두 내게 잘 해주었지만 지금까지도 매년 크리스마스가 되면 어김없이 손으로 쓴 카드를 주고받을 정도로 끈끈한 인연을 이어오고 있는 분들이 있다. 이웃 주민으로 만난 쟌과 롭 부부, 프릴라와 리차드 부부다. 특히 쟌 아주머니의 어머니인 벳시 할머니는 종종 나에게 전화를 해서 집에 초대했다.

"클로이, 목요일에 스트로베리 크럼블을 만들 건데 올래? *Chloe, I'm going to make some strawberry crumble this Thursday. Will you come?* "

Two ❯
혹여 길을 못 찾을까 봐 집 앞 큰길까지 나와서 날 기다렸다가 같이 집으로 데려가주던 분이었다. 할머니의 집에 들어서면 옅은 핑크색 벽지와 카펫, 레이스로 짠 테이블보, 꽃무늬가 수놓아진 이불이 포개져 있는 침대, 벽에 걸어둔 손수 만든 손녀의 원피스 등 모든 것이 따뜻하고 아늑했다. 할머니가 만들어준 크럼블을 먹으며 차를 마시고 담소를 나누는 그 시간이 너무 행복했다.

외교부에서 일을 시작한 뒤에 유럽 출장 일정의 마지막에 영국에 갈 기회가 생겨 유학 시절 살았던 루이스를 다시 찾았다. 역에서 내리자 플랫폼에 롭 아저씨와 쟌 아주머니가 마중 나와있었다. 그들의 환한 미소를 보니 내가 영국에 돌아왔다는 사실이 믿기지 않을 정도로 즐거웠다. 며칠 동안 아주머니네 집에서 지내며 동네 곳곳을 산책하고 옛날을 회상했다. 제2의 고향 같은 영국에서 좋아하는 사람들과 지내는 순간이 꿈만 같았다. 다시 한국으로 떠나던 날 벳시 할머니가 나를 꼭 안아주며 말씀하셨다.

"클로이, 난 한국에 갈 수 없어. 네가 다시 와야 해. *Chloe, I*

그 인사가 마지막이 될 줄은 몰랐다. 이듬해 할머니가 돌아가셨다는 소식을 들었다. 한 번씩 할머니 생각이 날 때마다 헤어지면서 내게 하셨던 그 말이 떠오른다.

쟌과 롭, 프릴라와 리차드 부부는 모두 각자 하던 일에서 은퇴하고 매년 르완다에 가서 봉사에 전념하고 있다. 그들은 유학 생활 동안 내게 친절을 베풀어주었을 뿐만 아니라, 삶을 살아가는 태도에서도 가르침을 주었다. 내가 한국으로 돌아오고 나서도 메일을 주고받는데, 롭 아저씨는 르완다에서 질병으로 고통받는 사람들에게 도움을 주거나 아이들을 위해 나무로 실제 크기의 바이킹 배도 만드는 등의 소식을 듣곤 했다. 빗물을 끌어다 저장해서 생활용수로 사용할 수 있도록 이른바 관개시설을 만드는 사업 기획까지 하고 있었다.

의사로 오랫동안 일을 했던 리차드 아저씨는 가난한 에이즈 환자들을 무료로 치료하고 약을 보급하면서 의사로서 도움을 줄 수 있는 일을 하고 있다. 매년 아프리카에 가서 봉사활동을 하는 것이 넘치 않을 벤네노 사진에서 보이는 이들의 얼굴엔 인제나 웃음이 가득하다. 유학 시절, 학교 미술 수업 과제로 의상을 만들어 패션쇼를 했을 때 누구를 초대해야 할지 고민했던 것이 무색하게 바쁜 일을 제쳐두고 와준 분들이었다. 가장 감명받은 것은 자신이 잘할 수 있는 일을 통해서 다른 누군가에게 도움을 주고 있다는 것이다. 그들을 보니 나만의 성공을 꾀하기보다, 내가 잘할 수 있는 일로 누군가에게 도움이 될 수 있다면 더 값진 인생을 살 수 있을 거라는 생각이 들었다. 그러기 위해서는 나 자신부터 흔들리지 않고 굳건해져야 할 것이다. 내 일을 열심히 하면서 끊임없이 성장해나가고 싶은 동기가 생겼다. 그들이 아무런 조건 없이 이방인인 나를 진심으로 아껴준 것처럼 나도 누군가에게 오랫동안 기억되는 좋은 인연이 되어야겠다고 생각했다.

Two ❯

사람의 마음을 얻는 것이 쉬운 일은 아니지만
진심은 언제나 통하기 마련이라는 것을 실감했다.
부모님, 친구, 선생님 등 누구의 도움도 받지
않고 순전히 내 힘으로 나의 지원군을 만든
값진 경험이었다. 아무런 조건 없이 이방인인
나를 진심으로 아껴준 것처럼 나도 누군가에게
오랫동안 기억되는 좋은 인연이 되어야겠다고
생각했다.

매너가 통역을 만든다

영국에 살면서 유난히 인상 깊었던 것 중 하나는, 늘 여유를 잃지 않고 친절하게 대하는 사람들의 태도였다. 집에서 학교까지 걸어서 10분 성도라 공원, 아기자기한 집들, 가끔 하얀 말을 타고 순찰을 도는 경찰들의 모습을 보면서 등교했다. 동네가 크지 않아 길은 주로 좁은 도로들이 이어져 있었는데, 차로 옆 인도는 더 좁아서 두 사람이 지나가면 서로 부딪칠 정도였다. 하루는 아침 등굣길에 이어폰을 끼고 *BBC* 뉴스를 들으며 가고 있었다. 그 길의 끝에서 어느 할아버지가 가만히 서 있는 것이 보였다. 아침에 산책을 나온 것이구나 생각하고는 별 신경을 쓰지 않고 할아버지가 있는 곳까지 갔다. 내가 가까이 가자 할아버지는 그제야 빙그레 웃으시더니 *"Good morning!"* 하고 인사하고는 내가 지나온 길로 걸어갔다. 인도가 좁아 가운데서 만나면 서로 부딪칠 겄을 염두에 두고 내가 먼저 걸어오기를 기다리고 있었던 것이다. 처음에는 그 할아버지가 유난히 친절한 것이라 생각했다. 하지만 지내다 보니 꼭 그렇지만도 않다는 것을 깨달았다.

하루는 수업이 끝나고 집으로 오는 길에 도로에서 차들이 줄지어 밀려있는 것을 보았다. 대부분의 도로는 교차로

마다 라운드 어바웃 *Round About*이 있어 차들이 신호를 기다리
는 일이 없다. 웬일이지 하며 길을 걷는데, 차들의 긴 행렬
이 끝나는 지점에 다다라서야 이유를 알게 되었다. 도로 옆
의 집에 사는 아주머니가 차에서 물건을 꺼내느라 차 앞문을
열어놓고 한참 동안 짐 정리를 하고 있던 것이다. 우리나라
에서 똑같은 상황이 발생했다면 잠시도 기다리지 못하고 빵
빵거리며 난리 났을 텐데, 열 대가 넘는 차 중에서 운전자들
의 고함은커녕 클랙슨을 울리는 차도 없었다. 중앙선을 넘
어 그 차를 슬쩍 추월해 지나가지도 않았다. 다들 아무 일 아
니라는 듯이 평온한 얼굴로 차분하게 기다리고 있던 그 장면
이 신기하기까지 했다.

아직도 기억나는 일화가 있다. 루이스에서 기차를 타고
한 시간이면 런던까지 갈 수 있었기 때문에 유학 초기에는
주중에 용돈을 아껴 주말마다 친구들과 런던에 가곤 했다.
런던 브리지 위에서 도로 반대편 너머로 보이는 풍경이 너무
예뻐 사진을 찍고 싶었는데, 지나가는 차들 때문에 카메라를
들었나 놨다만 반복하고 있던 참이었다. 그러다 런던의 상
징, 빨간 이층 버스가 내가 서 있는 곳 바로 앞에서 멈추길래
이때다 싶어 얼른 사진을 몇 장 찍었다. 찍고 나서야 문득 뭔
가 이상하다는 생각이 들었다. 내가 있던 지점은 횡단보도가
있지도 않았고, 버스 정류장도 없었는데 왜 멈췄을까 의문
이 들었다. 그래서 고개를 돌려 그 버스를 쳐다보았더니 기
사님이 함박웃음을 지으며 손으로 엄지를 들어 보이는 것이

아닌가. 멀리서부터 내가 카메라를 들었다 놨다 하며 사진을 못 찍고 있는 것을 보고는 일부러 멈춰준 것이었다. 더 놀랐던 건 승객 중 누구도 얼굴을 찌푸리거나 불만을 제기하는 사람이 없었다. 순간 "우와…" 하는 감탄사가 절로 나왔다.

신사의 나라라는 것은 대외적인 이미지일 뿐이라고 부정적인 시선을 보내는 이들도 있지만, 유학 생활을 하며 영국 사람들의 매너에 감동한 순간이 많았다. 국제사회에서 한 나라를 평가하는 많은 잣대 중 하나가 국민 한 사람 한 사람이 베푸는 작은 친절과 몸에 밴 매너일 수 있다는 사실을 그때 배웠다. 통역사인 나는 일반인이면서도 동시에 '일'로써 외국인을 많이 만나기 때문에, 행동 하나하나가 한국의 이미지를 바꿀 수 있다는 사실을 잊지 않으려고 늘 되뇌고 있다. 단순히 통역을 잘하는 것 못지않게 나를 믿고 통역을 맡긴 외국 클라이언트와 진심으로 마음을 열고 소통하는 것도 중요하다. 국제회의와 같은 통역 현장에서는 그 누구보다 통역사의 말과 행동이 우리나라를 비추는 거울이 될 수 있다. 많은 통역사가 통역만 잘하면 그만이라고 생각하기 쉽지만, 이러한 역할은 그 행사를 성공적으로 치르는 데 있어 다른 누구도 아닌 통역사가 할 수 있는 일 중 하나다. 특히 한국 클라이언트가 외국 문화에 익숙하지 않을 경우, 작은 것 하나도 먼저 배려하는 통역사의 진가는 꼭 빛을 발하기 마련이다.

국회의 모 의원실에 종종 통역을 하러 가곤 한다. 국회에는 인하우스 통역사도 있고 의원실에도 어렵지 않은 내용은 거뜬히 통역할 수 있을 정도로 영어를 잘하는 직원들이 있는데, 굳이 추가예산을 들여가며 내게 통역을 의뢰하는 이유가 궁금했다. 의원실 소속 비서관이 "정다혜 통역사님이 통역하는 걸 보니, 통역사들은 영어만 잘한다고 하기에는 그 이상의 많은 것을 갖춘 것 같아요"라고 귀띔해주었다. 그러면서 국제행사에서는 통역사에게 시선이 집중되기 마련인데, 매너를 갖추고 연사들과 호흡을 맞추면 행사가 더 원활하게 진행될 뿐만 아니라 참석자들에게 품격 있는 행사라는 이미지를 줄 수 있다고 했다. 또 자칫 민감해질 수 있는 때에도 통역사가 유연하게 양쪽의 의견을 전달하면 분위기가 완화되기도 한다고 말해주었다. 나의 경우, 외교부에서 일한 덕분인지 다른 나라 정부에 보내는 서한 등의 번역을 맡겼을 때쓰는 영어 표현도 차이가 났다며 되레 영어 공부 방법을 묻기도 했다. 특히 의전이 까다로운 외빈 행사에서도 능숙하게 맞춰주는 등 통역사만의 역할이 필요하고, 통역사가 아니면 이런 모든 것을 해내는 사람이 없을 거라고 확신했다고 설명해주었다.

5년 넘게 몸담았던 외교부의 소속 외교관들은 외국 문화를 쉽게 접하기 때문에 대부분 글로벌 매너에 익숙하다. 옷차림만 봐도 국내 업무가 주를 이루는 다른 부처와는 확연히 다르다. 반면 잘 몰라서 저지르는 작은 실수로 외국인과의 미팅에서 좋지 않은 인상을 주는 때가 종종 있다. 특히 남자들은 여름에 공식적인 자리에서 반팔 셔츠를 입는 것, 중요한 식사 자리에서 상대의 양해를 구하지 않고 겉옷을 벗는 것이 그렇다. 또 음식을 먹을 때 소리를 내는 것 등 한국 문화에서는 그리 크게 문제 되지 않는 것들이 외국인들을 불편하게 할 수 있다.

서울에서는 매년 주한 미 대사관 주최로 미국 독립기념일을 기념하는 행사가 열린다. 몇 해 전 여름, 행사에 초청을 받아 방문한 적이 있다. 화려한 샹들리에부터 파티장의 규모, 참석한 사람들의 차림새, 맛있게 차려진 핑거 푸드까지 영화에서 본 것만 같은 파티였다. 그날 가장 인상 깊었던 것은 주한 미 대사님과의 짧은 만남이었다. 파티가 끝나갈 무렵, 그는 대사관 인턴으로 보이는 학생들과 대화를 나누고 있었다. 이야기가 끝나기를 기다렸다가 대사님과 기념사진을 찍고 싶다고 조심스레 말씀드렸다. 한국계 미국인인 그에게 영어로 말을 해야 할지, 한국어로 말을 해야 할지 고민하다 한국어로 여쭤봤더니 흔쾌히 응해주었다. 사진을 찍으려고 옆에 서서 포즈를 취하려는데 그때 내게 건넸던 그의 한마디가 지금도 생생하게 기억난다.

"재킷 벗었는데 괜찮아요?"

공식 행사는 이미 끝났고 애프터 파티도 파장 분위기여서 이미 그는 타이도 풀고 재킷을 벗어둔 채 행사장을 떠나려던 참이었던 것이다. 재킷을 벗고 있는 것이 매너에 어긋

난다는 것을 잘 알고 있기 때문에 그대로 사진을 찍어도 되겠냐고 내게 양해를 구한 것이었다.

매너라는 것은 어렵고 거창한 것이 아니다. 내가 존중받고 있다는 느낌이 들게 하는 행동이 상대에게도 전달되는 것이다. 대사님의 말 한마디가 많은 것을 느끼게 해주는 것처럼.

영국에서 공부하는 동안 영어 실력도 많이 늘었지만, 아니 영어를 아예 완전히 새로 배우고 왔지만, 무엇보다 사람과 사람 사이에서 따뜻한 배려를 기반으로 오가는 진심의 힘을 제대로 경험했다. 나와 전혀 다른 문화적, 사회적, 역사적, 지리적 배경에서 살아온 사람들과도 마음을 열고 서로의 다름을 존중하며 진심으로 대화할 수 있다는 사실. 진정한 네트워킹의 힘은 통역사로서 10년간 일을 해오는 동안 하나의 큰 자산이 되었다.

또 대학원에 입학했다

통번역대학원을 졸업하고 통역사로 일하면서 통번역 스킬만 가지고는 턱없이 부족하다는 생각이 들었다. 직장이 형사정책 연구원이어서 어려운 법학 논문 등 법률과 관련된 내용을 이해하고 분석해서 통역해야 했기 때문이다. 그때그때 필요한 배경지식을 검색하고 공부하는 것으로는 앞으로의 길을 생각했을 때도 좋은 방법은 아니었다. 이 분야에 대한 깊이 있는 지식이 없어 스스로도 한계를 느꼈다. 그러나 그때는 일을 시작한 지 얼마 되지 않았던 때라, 당장 일을 그만두고 다른 무언가에 도전하거나 새로운 것을 시도할 엄두가 나지 않았다. 한다고 해도 무엇을 어떻게 해야 할지 갈피를 잡지 못했다. 그러던 중, 유엔에서 일할 기회가 생겨 방콕으로 떠났고 다시 돌아와 외교통상부(지금의 외교부)에서 일하게 되기까지 했다. 내가 처힌 상황들이 짧은 기긴 안에 급변했고, 예상하지 못했던 기회들이 주어져 새로운 상황에 적응하고 주어진 일을 해내는 것에만 급급했다.

외교통상부의 통상교섭본부 통상법무과에서 본격적으로 자리를 잡으며 *FTA* 협상을 따라다니고 각종 협정문을 검토하며 통상이라는 새로운 분야에 눈을 뜨게 되었다. 그간

갈급해왔던 지식의 부족함을 채울 수 있는 길이 조금씩 보였
다. 내가 가진 언어적 배경과의 연결 고리를 찾은 것이다. 고
민 끝에 나는 다시 대학원에 진학해 일과 공부를 병행하기로
마음먹었고, 주변의 조언에 따라 고려대학교 일반대학원 법
학과에 국제통상법 전공으로 지원하기로 했다.

대학원 입학 면접이 있던 날이었다. 나는 학부와 석사 전
공 모두 통번역학이었기 때문에 법학 수업을 들어본 적이 없
기도 했고, 일반대학원에 대해서는 아는 게 없었던 터라 면
접을 볼 때 어떤 옷을 입어야 하는지조차 몰랐다. 통번역대
학원의 입학 면접은 면접과 동시에 통역 시험을 치르기 때문
에 불편한 정장보다는 내가 편하게 느낄 수 있는 옷을 입어
도 무방하다. 청바지에 운동화 차림의 캐주얼한 복장도 괜
찮다. 그래서 나는 나름대로 신경 쓴다고 입은 것이 핑크색
트위드재킷이었다. 평소에 즐겨 입던 커다란 금장 단추가 네
개 달린 남색 스커트에 회색 가죽 스트랩 힐도 신었다. 학교
에 들어설 때만 해도 주변에 유난히 검은색 정장을 입은 사
람들이 많았지만 내가 이상하다는 생각을 못 했다. 그런데
법대 건물에 있는 면접 대기실에 들어서자 면접을 보러 온
사람들 모두 단 한 명의 예외도 없이 검은 정장을 차려입고
앉아있었고, 핑크색 옷을 입고 들어선 나를 일제히 신기한
눈빛으로 쳐다보았다. 바보같이 진행 요원에게 다가가서 혹
시 면접 안내 사항에 드레스 코드가 있었냐고 물어보기까지
했다. 입학 후에도 나는 면접 날의 옷차림 때문에 한동안 거

듭 회자되었다. 온통 검은색으로 가득 찬 커다란 강의실에서 혼자 핑크색 재킷을 입고 앉아있던 걸 생각하면 지금도 얼굴이 빨개진다. 법학에 관한 학문적 지식뿐만 아니라 대학원이라는 곳의 문화에 대해서도 나는 문외한이었다.

Two ➤

첫 학기는 어떻게 지나갔는지도 모를 정도로 정신없이 지냈다. 학부 전공이 법학이 아니었던 탓에 대학원 수업뿐만 아니라 지도교수 지정 과목으로 학부 수업까지 들어야 했다. 체력적으로도 힘들고, 정신적으로도 수업 내용을 따라가기 힘들었다. 그렇지만 현장에서 일하며 조각조각 접했던 내용을 학교에서는 기본 개념부터 공부할 수 있었다. 반대로 수업 시간에 다뤘던 내용들이 실무에서 어떻게 적용되는지 일하면서 바로바로 눈으로 확인할 수 있는 경우도 많았다.

첫 학기 국제법 개론 수업 시간에 들었던 교수님의 말씀이 묵직하게 남아있다. 수업 시간에 교수님이 퀴즈를 내겠다며 시험지를 나눠주었다.

1. 국가의 성립 요소 4가지
2. 국제사법재판소 규정 제38조 제1항에 나타난 국제법의 연원
3. 국제 인권법상 6대 인권조약
4. 유엔의 주요 6개 기관
5. 헌법재판소의 2011년 8월 30일 결정

6. 국제관습법의 성립요건 2가지와 국제해양법상
   연안국의 관할권에 속하는 수역.

나는 한 문제도 제대로 답을 쓸 수 없었다. 국제법위원회 ^{ILC}
위원이기도 한 교수님은 이렇게 말씀하셨다.

"여러분들은 장차 저보다 훨씬 더 훌륭한 일을 할 사람들   ● 둘
입니다. 한 가지 당부하고 싶은 말은 국제법은 우리나라의
국익을 위해 사용되어야 한다는 것입니다."

예상은 했지만 회사 생활과 학업을 병행하느라 수업 시
간에 맞춰서 학교에 오는 것부터 쉽지 않았다. 심지어 기말
고사 시험이 있는 날도 급한 일이 터지는 바람에 학교에 오
지 못하고 회사에서 일을 처리해야 한 적도 있었다. 혼자서
차분히 책을 펴놓고 차근차근 공부할 시간이 많지 않다 보니
수업을 따라가는 게 버거워 한 번씩 내가 과연 옳은 선택을
한 것인지 이런저런 걱정을 했다. 그렇지만 교수님의 말씀
을 듣는 순간 의구심이 사라졌다. 통역사가 되려고 처음 결
심했을 때 했던 생각과 일맥상통하는 말이었기 때문이다. 우
리나라가 언어 때문에 국제사회에서 불이익을 받거나 제 목
소리를 내지 못하는 일이 없도록 하겠다던 나의 다짐과, 국
제법은 우리나라의 국익을 위해 사용되어야 한다는 교수님
의 말씀이 내 머릿속에서 서로 고리처럼 연결되었다. 내가
잘 선택한 게 맞구나 하는 안도감을 안겨주었고, 많이 부족

하더라도 더 열심히 공부해야겠다는 생각밖에 할 수 없었다.

남들보다는 느린 속도지만 어렵게 석사논문이 통과되고 1년 휴식 후에 뒤늦게 박사과정을 시작했다. 늦었다는 조바심보다 마음껏 공부를 할 수 있다는 사실만으로 행복하다. 동료 통역사가 *SNS*에 썼다. 통역 일은 마치 뇌에서 즙을 짜내는 것처럼 내 안의 모든 것을 탈탈 털어 소진하는 느낌이라고. 동의한다. 반대로 공부하는 것은 눈으로 보는 활자들이 내 안에 켜켜이 쌓이는 느낌이다. 교과서 내용을 이해하려고 한나절을 열을 내며 씨름을 하다가도, 논리의 방향을 찾아내거나 교수님의 생각과 비슷한 결론에 이르게 되었을 때 느끼는 기쁨은 이루 말할 수 없다.

어느 4월에 성균관대학교에서 열린 국제법 평론회에 참석했다. 모든 발표가 끝나고, 마지막으로 좌장을 맡은 교수님이 말한 클로징 멘트가 마음에 들었다.

"*practice*라는 단어를 학자들마다 다르게 발음하는 것은, 그 사람이 어느 나라에서 공부했고, 누구의 글을 읽었으며, 어떤 경험은 했는지에 따라 그 사람의 사고와 취향이 달라지기 때문일 겁니다."

학자의 기품이란 이런 데서 배어 나오는 것이겠지. 통역사로서 살아온 인생이 꼬박 10년이다. 현재 위치에서 나는 다른 사람의 말을 전달하던 역할에서 벗어나, 충실한 연구를 기반으로 나만의 시각을 말할 수 있는 학자로서의 또 다른 모습을 꿈꾼다. 국제법 공부를 하면서 지금 내가 읽는 글, 경험하는 모든 것들이 어우러져 학자로서의 나의 관점을 더욱 더 견고하게 해줄 것이라고 믿는다.

통역사로 일하면서 통번역 스킬만 가지고는
턱없이 부족하다는 생각이 들었다.
현재 위치에서 나는 다른 사람의 말을 전달하던
역할에서 벗어나, 충실한 연구를 기반으로
나만의 시각을 말할 수 있는 학자로서의
또 다른 모습을 꿈꾼다.

법을 말하는 통역사

"많고 많은 분야 중에서 왜 하필 그 어려운 법률을 택하셨어요?"

내가 많이 받는 질문 중 하나다. 매번 답하지만 나는 법률 분야를 '선택'한 적은 없다. 통번역대학원을 졸업한 후, 첫 직장이었던 형사정책연구원 그리고 유엔마약범죄사무소를 거쳐 외교통상부 시절 통상교섭본부 통상법무과에서 외교부 국제법률국 조약과로, 그리고 외교부를 그만두면서 옮긴 로펌까지. 내 이력은 물 흐르듯 한 방향으로 자연스럽게 흘러왔다. 외교통상부에서 근무할 때는 맡은 일을 잘 해내고 싶어 국제법을 공부하기 위해 석사과정을 또 밟았고, 그러다 보니 통번역대학원에서 법률번역 강의를 맡게 되어 지금까지 겸임 교수로 있다.

프리랜서로 일하는 현재도 다양한 분야의 통역을 하지만 특히 법률 분야의 일을 가장 많이 하고 있다. 다른 분야로 눈을 돌릴 겨를도, 마음도 없었다. 지난 10년간 뒤돌아볼 틈 없이 그저 내게 주어진 일을 해내느라, 눈앞에 놓인 계단을 넘어지지 않고 하나하나 오르느라 숨 가쁘게 달렸다. 때

114

로는 법률 분야가 너무 어렵게 느껴지지만, 다른 분야로 눈을 돌리고 싶은 마음이 들기는커녕 어떻게 하면 무사히 마칠 수 있을까, 내가 잘 하는 게 맞는 걸까 하는 생각뿐이었다.

Two

분야를 불문하고 쉬운 통역은 없다. 통역사들은 모두 공감할 것이다. 그런데 왜 유독 법률 분야는 진입 장벽이 높다고 여겨지고, 다른 분야에 비해 더 어렵다고 생각하는 걸까. 단순히 법률 용어가 어려워서라기엔 의학, IT, 금융 등 다른 분야도 기술적인 용어라면 매한가지다. 이런 고민을 하고 있을 때, 내가 일하던 로펌의 한 미국 변호사가 명쾌한 답을 주었다.

다른 분야는 영어든 한국어든 언어가 내용을 전달하는 수단에 불과하기 때문에 통역하는 과정에서 부정확한 용어를 사용하는 등의 실수가 있더라도 결과적으로 내용 전달에 크게 지장이 없으면 '의미 전달'이라는 목적을 달성할 수 있다. 그러나 법률 분야는 언어 자체를 굉장히 민감하게 쓰기 때문에 다른 언어로의 전환이 특히 어렵다. 우리가 일상생활에서 쉽게 접할 수 있는 단어만 살펴봐도 금방 알 수 있다. '배상과 보상', '계약 해지와 해제', '합의와 협의'처럼 겉으로는 비슷해 보이는 단어들이지만 법률이라는 맥락에서는 완전히 다른 결과를 발생시킨다. 각각 의미하는 바를 정확히 이해하고 올바로 사용하지 않으면 실질적 피해로까지 이어질 위험이 있다. 그래서 통역하는 사람에게는 큰 부담이 된다.

법적 구속력이 있기 때문이라는 말은 아무리 강조해도 지나치지 않다. 자칫하면 누군가가 피해를 보게 될 수도 있는 문제다. 내가 외교통상부에 입사하게 된 배경도 이와 무관하지 않았다. 한미 *FTA*, 한-*EU FTA* 협정문의 한국어 번역본에서 오류가 발견되어 외교통상부 역사상 가장 큰 위기상황이 발생했던 것도 법률문서이기 때문이었다. 사소한 의미 하나라도 간과해서는 안 된다. 특히 *FTA* 협정문은 통상 조약의 특성상 우리나라 산업 전반에 영향을 미치기 때문이다.

법률 통역이 까다로운 또 다른 이유는 서로 법의 체계가 달라서이다. 우리나라 법은 대륙법 체계를, 그리고 미국을 포함한 영어권 국가는 보통법 체계를 따르고 있어 기본부터가 완전히 다르다. 앞에서 예로 들었던 '배상과 보상'의 경우, 우리나라 법에 따르면 위법한 행위에 대한 것은 배상, 적법한 행위에 대한 것은 보상으로 구분이 되지만, 영미법에는 이러한 기준을 근거로 한 구분이 없다. 반대로, 영미법상에서는 구분해서 사용하는 개념들이 한국법에서는 구분 없이 하나의 개념으로 포섭되는 경우도 있다. 또 같은 용어도 법 체계에 따라 그 정의와 적용 범위가 다를 수 있다. 그렇기 때문에 한국어에서 영어로, 또는 영어에서 한국어로 통역이 될 경우 같은 용어를 영어로 들은 미국 법조인과, 한국어로 들은 한국 법조인이 서로 다른 생각을 하게 될 수도 있는 것이다.

또, 한국법에는 존재하는 개념이 미국법에는 아예 없는

경우도 있고, 반대로 미국법에는 있는 개념이 한국법에는 없는 경우도 있다. 한 예로, 미국법에는 없는 개념인 '당사자주의'를 영어로 어떻게 옮겨야 하는지를 두고 같은 과 변호사들과 한참을 논의했던 적이 있다. 우리나라 법조문들이 대부분 독일, 프랑스법에서 시작되어 일본법을 거쳐 들어온 개념들을 근거로 하고 있기 때문에 한국어-독일어 또는 한국어-일본어 간의 전환은 비교적 수월하다. 그래서 한국어 법률 용어를 독일어나 일본어로 먼저 옮긴 뒤, 다시 영어로 옮겨서 가상 가까운 답을 찾는 방법도 있지만 정확성을 보장하기 어렵다.

매년 대검찰청에서 열리는 한인 검사 회의는 통역의 난도가 높은 회의 중 하나다. 대중을 대상으로 하는 회의가 아니라 각국 검사들만 모여 서로의 법 체계가 어떻게 다른지를 비교하고, 실무 경험을 공유하는 자리이기 때문이다. 한번은 'charge'라는 단어가 문제가 된 적이 있다. 한국어 표현으로 '기소' 외에는 마땅한 대안이 없어 오전 내내 한국어로는 '기소', 영어로는 'charge'라고 통역을 했는데, 회의가 진행될수록 뭔가 잘못되어 가는 느낌이 들었다. '기소'라는 한국어 통역을 들은 한국 검사들과 'charge'라는 영어 통역을 들은 외국 검사들이 제각각 떠올리는 개념의 범위가 달랐던 것이다. 한국법에 따른 기소는 오직 검사만 할 수 있는 행위이지만, 영미법상의 'charge'는 검사뿐만 아니라 경찰 소속인 'Legal Officer'도 할 수 있는 권한을 가지고 있다. 또, 미국에서는 주마다 약간씩 차이도 있었다. 결국 검사들과 나를 포함한 두 명의 통역사 간에 '*charge*'는 한국어로 통역하지 않고 영어 그대로 사용하기로 우리만의 규칙을 정했다.

영화로도 만들어질 만큼 크게 이슈가 되었던 이태원 살인사건의 피고인이 몇 년 전 한국으로 송환되어 다시 공판이 열리면서 전 국민의 관심이 쏠렸다. 나는 법률번역 수업을 듣는 학생들에게도 직접 가서 재판 과정도 지켜보고 법정 통역도 들어보라고 권했다. 나도 하루 시간을 내어 방청하러 갔다. 방청석은 기자들로 이미 꽉 차 있었다. 나의 관심 대상은 법정 한가운데 증인석에 앉아서 통역하던 통역사였다. 언론의 관심이 뜨거운 만큼 부담이 적지 않았을 텐데 차분히 통역해나가는 모습이 인상적이었다. 한창 재판이 진행되던 중 갑자기 판사가 재판을 중단하고 통역사에게 무언가를 설명하기 시작했다. 들어보니 흔히 '일사부재리의 원칙'이라고 말하는 '*Double Jeopardy*'의 통역이 문제였다. 사실 그 재판에서 일사부재리의 원칙 적용 여부가 중요한 쟁점 중 하나였기 때문에 짚고 넘어갈 수밖에 없었을 것이다. 우리나라 법상 일사부재리 원칙과 영미법에서 말하는 *Double Jeopardy* 원칙은 엄격하게 보면 적용 범위가 다르다. 그래서 영미법상의 *Double Jeopardy* 원칙은 '이중위험 금지의 원칙' 등으로 구분해서 말한다. 20년 가까이 법정 통역을 했다는 베테랑 통역사인데도 불구하고 그 차이를 간과했던 것 같다. 우리나라 검찰 측에서 "일사부재리의 원칙에 위배되지 않는다"라는 취지로 말하면 이를 영어로 "*Double Jeopardy*"

라고 통역을 하고, 피고인이 영어로 "…*Violation of double jeopardy*"라고 말하면 이를 한국어로 "일사부재리의 원칙 위반이다"라고 통역하는 바람에 피고인 측과 한국 검사들 간에 서로 충돌이 생긴 것이었다. 그래서 급기야 재판을 중단하고 이러한 차이에 대해 통역사에게 설명하고 나서야 재판이 재개되었다.

Two ❯

법과 영어의 조합은 이처럼 쉽사리 조화될 수 없는 성질의 것이다. 그래서 매번 힘들어한다. 그런데도 이 길은 조건을 따져 '선택'한 것이 아니라 나에게는 너무 자연스레 펼쳐진 길이었다. 느리지만 이탈하거나 되돌아가지 않고 꾸준히 걸어왔을 뿐이다. 성격이 그랬다. 엄마가 말하기를, 내가 초등학생 시절에 매일 숙제로 썼던 일기가 너무 재미가 없고 지극히 있었던 사실만을 무미건조하게 기술해놓은 그야말로 '기록'에 지나지 않아, 창의력이나 감성이 결핍된 아이로 자랄까 봐 걱정이 많았다고 한다. 내 기억에도 어릴 때 동화 같은 책을 읽는 걸 그다지 좋아하지 않았던 것 같다. 동화책은 간략한 줄거리만 외워서 읽은 척했고, 누군가가 꾸며낸 허구의 동화책보다는 사실을 근거로 한 위인전을 더 좋아했다. 책을 읽고 처음으로 울었던 게 김정호 위인전이었다. 김정호가 역적으로 몰려 수년간 고생해서 만든 지도를 홍선대원군이 마당에서 모조리 태워 없애는 장면이 가장 슬펐다. 그런 독서 습관은 지금도 변하지 않았다. 소설보다는 유명인들이 자신의 경험과 생각을 쓴 에세이나 자기계발서를 즐겨 읽는다. 그래서인지 작가가 아무리 화려한 미사여구를 써서 감성적이고 말랑말랑하게 써놓은 글일지라도 내가 번역하면 딱딱한 설명문이 되고 만다. 나의 능력과 흥미의 범위 밖이라 어쩔 수 없는 것 같다. 통번역대학원에 다닐 때, 문화예술 번역 시간에 애니메이션 대사를 번역하는 과제가 있었는데, 주인공이 탄식하며 내뱉은 한마디 "*Oh, boy*…"를 아무런 의심 없이 "오, 소년아…"라고 번역했다가 동기들에게 두고두고 놀림거리가 되기도 했다.

예전에 드라마 〈별에서 온 그대〉가 인기리에 종영되고 한류 팬들을 위한 크고 작은 행사가 전국 각지에서 열렸다. 나는 주인공이었던 김수현 씨와 박해진 씨의 팬 미팅 현장에서 영어 *MC*를 맡았다. 행사의 규모는 엄청났다. 잠실종합운동장 주경기장에서 열렸는데 비가 오는데도 관중석을 꽉 메운 팬들의 함성소리에 무대가 흔들릴 정도였다. 대부분 일본, 중국 팬들이었기 때문에 일본어 *MC*가 메인이었고, 그다음 중국어, 영어 순으로 서브 *MC*를 맡았다. 행사가 진행될수록 나도 덩달아 흥분되었다. 박해진 씨와의 인터뷰를 할 차례였다. 카퍼레이드와 신물 증정 이벤트를 끝내고 무대로 올라온 박해진 씨가 팬 서비스로 드라마에 나왔던 대사를 직접 무대 위에서 재연하는 순서가 있었다. 무대 뒤 커다란 스크린에는 이휘경(박해진)이 천송이(전지현)에게 고백하는 명장면이 나왔다. 박해진 씨는 천천히 감정을 잡으며 "너와 네 가족은 내가 죽는 날까지 책임질게. 넌 너 하고 싶

은 대로 다 하면서 살아. 내가 그렇게 만들어줄게." 하고 대
사를 읊었다. 곧바로 일본어와 중국어로 통역이 되었고 그
다음 내가 영어로 통역을 할 차례였다. 그런데 '책임'이라는
단어를 듣는 순간 내 머릿속에서는 바로 그 전날 회사에서
같은 과 변호사와 고민했던 한 법률 조항의 제목이 스쳐 지
나갔다.

"Responsibility and Liability."

이 둘은 그 정의와 법률 효과는 다르지만 한국어로는 모
두 '책임'으로 번역이 가능한 단어였기 때문에 서로 어떻게
구분 지어 번역해야 할지를 고민했던 것이다. "책임…"이라
고 말하는 순간 나는 '책임? *responsibility*? 아니면 *liability*?
무슨 책임을 말하는 거지? 법적책임?'인가 싶었다. 물론 고
민은 *1*초도 채 되지 않는 찰나의 순간이었기 때문에 실수하
지는 않았지만, 끝나고 나서 돌이켜 보니 나도 유난스럽다는
생각이 들었다. 심지어 이 맥락에서는 굳이 '책임'이라는 표
현을 사용하지 않고도 원래의 뉘앙스를 더 잘 살려서 통역할
수도 있었다. 그만큼 법률번역에 빠져있었다. 딱딱하고 사
실만을 기초로 하는 글들이 훨씬 좋다고 말하면 대부분 의아
해하지만 법률 문서만이 가진 매력을 몰라서다.

"Style matters in legal documents.
법률 문서에서는 스타일이 중요하다."

일반적인 문서에서 중요한 것은 내용이지 사실 스타일은 크게 따지지 않는다. 반면 법률 문서는 글자 하나, 문장부호 하나까지 의미가 있을 만큼 내용도 중요하고 동시에 스타일이 살아있다. 내가 법률 문서를 좋아하는 이유다. 법률 문서에서는 문장의 일부를 이탤릭체로 처리한다거나, 밑줄을 긋는다거나 하는 모든 것들이 약속된 의미를 가진다. 그리고 이런 문서에서만 사용되는 영어 표현 또는 테크닉이 있다. 그래서 영어 문서를 한국어로 번역하는 사람의 입장에서는 약속들을 발견해서 지켜줘야 하기 때문에 힘겨운 작업이 아닐 수 없지만, 반대로 내가 한국어 문서를 영어로 번역할 때는 나만의 스타일을 더할 수 있는 재미가 있다. 그리고 법률 문서의 언어는 참으로 고전적이다. 1880년대 체결된 조규에 쓰인 언어가 오늘날 체결되는 조약의 언어와 별반 다르지 않다. 앞으로도 그러할 것이다. 또한 계약서를 번역하다 보면 문장 하나하나가 마치 퍼즐 조각처럼 느껴질 때가 있다. 길고 복잡한 수식 관계가 이리저리 얽혀있지만 퍼즐 조각을 맞추듯 하나씩 고리를 풀어갈 땐 희열이 느껴진다. 영어로 계약서를 번역할 때는 맛을 부리고 싶어 법률 문서에만 허용되는 테크닉들을 마음껏 사용할 때가 있다. 내 스타일을 익히 아는 변호사가 번역을 맡기며 "이건 너무 멋 부리지 않아도 괜찮아"라고 귀띔해준 적도 있다.

내가 법률 문서를 좋아하는 또 한 가지의 이유는 라틴어다. 약속된 의미를 짧고 정확하게 표현할 수 있는 장점이 있으면서도 언어가 멋스럽다. 공부를 하면 할수록 더 모르는 것이 많아지는 것 같고, 아직 부족한 점도 있어 한 걸음 한 걸음 내딛는 것이 쉽지 않다. 하지만 운명처럼 내게 다가온 이 길을 따라 걸으며 멈추거나 되돌아가지 않고 앞을 향해 나아가려고 다시 마음을 다잡아 본다. 내가 가장 좋아하는 라틴어 문구처럼.

Two ➤ "*Dilige et fac quod vis!*
사랑하라, 그리고 그대가 원하는 것을 하라!"

통역사에게 요구되는 많은 자질 중 하나는 순발력이다. 통역이라는 프로세스 자체가 언제나 예기치 못한 일들이 발생하기 마련이기 때문이다. 완벽한 준비란 있을 수 없다. 마치 응급환자를 두고 의사들이 빠른 판단을 내려야 하듯이, 통역하는 도중 돌발 상황이 벌어지면 순간적인 판단을 내려 최선의 방법으로 위기를 모면해야 한다.

석사과정 수료 전의 일이다. 제4회를 맞이한 아시아법대학장 포럼을 우리 학교에서 주최하게 되었다. 나를 비롯한 학교 사람들 대부분이 회의 준비에 참여했고, 나는 공항 영접과 회의 및 만찬 자리에서의 통역을 맡았다. 선배와 함께 한 조를 짜서 공항에서 대기하다가 서로 다른 시간에 도착하는 손님들을 맞이하고 숙소로 이동하는 버스까지 안내했다. 마지막으로 노착한 일본 규슈대학교의 교수를 만나 서툰 일본어로 말동무를 해드렸다. 내가 일본어를 하는 것을 보고는 반가워하며, 나도 알아들을 수 있도록 아주 천천히 쉬운 일본어로 말을 걸어주었다. 그렇게 그날 일정을 마치고, 다음날 아침부터 본격적인 회의가 시작되었다. 나는 대법원장의 기조연설 통역을 맡았기 때문에 조금 긴장한 채로 서둘러 학교로 갔다. 회의장에 도착해 마이크 테스트를 마치니 곧 참석자들이 입장하기 시작했다. 나는 대법원장님이 오기를 기다렸다가 내 소개를 드리고 옆자리에 앉아 미리 받은 원고를 검토했다. 혹시 수정된 부분은 없는지 여쭤보는 등 가볍게 이야기를 나누었다. 기조연설 때는 다행히 미리 논의한 대로 원고를 두세 문단에 한 번 정도로 끊어서 읽었고, 내용도 내가 숙지해둔 것에서 크게 벗어나지 않아 비교적 수월하게 통역할 수 있었다.

그 회의를 시작으로 대법원장님을 다시 볼 일이 몇 번 더 있었다. 우리 학교 산하 법학연구원의 제1회 심포지엄 때도 연설을 해서 내가 통역하게 되었다. 이때는 사전 정보나 원고가 없었다. 행사장에 도착해서 얘기를 나눌 때도 간단하게 끝낼 거니 걱정 말라는 말씀뿐이었다. 경험상 이런 말만 믿고 안심하면 안 된다는 것을 잘 알고 있었기 때문에 더욱 긴장되었다. 빨리 끝날 거라거나 내용이 어렵진 않을 거라는 클라이언트의 말은 절대 믿으면 안 된다. 아니나 다를까, 걱정하지 말라던 대법원장은 연단으로 나가서 간단하게 인사를 한 뒤, 갑자기 '부의 창출', '제2차 세계대전'부터 시작해서 한 번에 알아듣기 힘든 경제용어와 철학 수업에서나 나올 법한 심오한 단어들을 잔뜩 말하며 역사적인 이야기를 한참이나 하는 것이었다. 나는 열심히 노트 테이킹을 하며 통역했다. 그런데 갑자기 대법원장님이 웃으며 한마디 던졌다.

"내가 미리 원고를 안 줘서 어려울 텐데 통역을 참 잘하는 것 같습니다."

회의장에 있던 한국인 참석자들은 웃으며 내게 큰 박수를 보내주었고, 외국인 참석자들은 영문을 몰라 멀뚱멀뚱 나를 쳐다보았다. 나 스스로 어떻게 통역해야 할지 쑥스러워 잠시 망설였다. 원래는 내가 연사인 것처럼 연사의 말을 일인칭 관점으로 통역하는 것이 원칙이다. 하지만 이때는 잠시 통역사 모드에서 벗어나 제3자의 입장에서, 그가 통역에 만족하는 것 같다는 의미만 간략하게 영어로 설명하고 넘어갔다.

다시 돌아와서, 아시아법대학장 포럼의 통역을 한 날 저녁에는 대법관이 주최하는 환영 만찬이 있었다. 교수님과 행사 총괄을 맡은 학교 선배와 함께 서둘러 만찬장으로 향했다. 먼저 환영사가 있었는데 원고에서 크게 벗어나지 않고 연설을 했기 때문에 통역하는 데 큰 어려움은 없었다. 문제는 그다음이었다. 공항에서 잠시 이야기를 나눴던 규슈대학교 교수님이 답사를 할 차례였는데, 자리에서 일어나더니 갑자기 이렇게 말했다.

"제가 영어가 서툴러서 일본어로 답사할 테니 다혜 상さん이 영어로 통역해주기를 바랍니다."

순간 눈앞이 아찔했고 등에선 식은땀이 흘렀다. 통역사들은 이 말이 얼마나 청천벽력 같은지 이해할 것이다. 사전에 협의도 없었을뿐더러, 일본어는 내 통역 언어 조합Language Combination 에도 없는 언어라 공식적인 통역은 불가능하다. 나는 모국어를 뜻하는 *A* 언어가 한국어, *B* 언어가 영어이기 때문에 언어 조합에 없는 일본어를 듣고 한국어도 아닌 영어로 바로 통역해야 하니 얼마나 당황했는지 모른다. 하지만 이미 상황은 벌어졌다. 만찬장에 모인 각국의 법대 학장들, 교수님들의 기대 어린 시선이 내게 향해있었다. 행사를 망칠 수는 없는 노릇이었다. 놀란 마음이 진정되지 않았지만 겉으로는 태연한 척하는 수밖에.

떨리는 손으로 노트 테이킹을 하며 영어로 통역했다. 그래도 교수님이 알맞은 길이로 끊어서 연설을 한 것은 불행 중 다행이었다. 하지만 애초에 일본어가 서툰 나는 최고의 난관에 봉착한 것만 같았다. 조금이라도 알아들을 수 있는 단어가 나오면 머릿속에서는 재빨리 앞뒤 맥락을 파악해 영어로 통역했고, 일본어를 잘 알아듣지 못하는 부족함을 들키지 않으려고 일부러 영어로 말할 땐 화려한 미사여구를 총동원했다. 눈치챈 사람이 없었을 거라고 나 자신을 안심시켰는데, 아뿔싸! 내 앞에 앉아있던 중국 교수님이 알고 보니 영어와 일본어에 능통했다. 내 통역을 듣고는 어려웠을 텐데 잘했다고 격려했다. 진심이었길.

식사 내내 헤드 테이블에서는 화기애애한 대화가 오갔고 나는 부지런히 통역했다. 긴장이 풀렸을 때쯤 몽골에서 온 한 교수님이 대법관님과 이야기를 나누고 싶어 한다는 말을 전해 들었다. 대법관님은 흔쾌히 좋다고 했지만 문제는 몽골 교수님이 영어를 전혀 못 한다는 것이었다. 동행한 조교가 교수님의 몽골어를 영어로 통역하면 내가 그 영어를 다시 한국어로 통역했다. 마찬가지로 대법관님의 한국어를 내가 영어로 통역하면 조교가 다시 몽골어로 통역하는 식이었다. 몇 개 국어가 오가는 현장이었다. 다른 참석자들도 식사를 잠시 멈추고 호기심 가득한 눈으로 우리 쪽을 바라보고 있었다. 다행히도 그 조교가 영어를 잘해서 몽골어 → 영어 → 한국어, 한국어 → 영어 → 몽골어로 이어지는 릴레이 통역이 순조롭게 진행되었다. 모든 대화가 끝났을 때는 다시 한 번 큰 박수를 받았다.

통역사는 본래 그 존재가 부각되어서는 안 된다. 그림자처럼, 공기처럼 자신을 드러내지 않고 당사자들의 의사소통을 돕는 역할을 한다. 나는 그날 그 규칙을 어긴 셈이었다. 만찬이 끝났을 때 저마다 나를 그냥 지나치지 않고 "수고 많았다.", "통역 최고였다." 등 한마디씩 칭찬을 해주었고, 대법관님도 내게 다가와 악수를 청했다. 돌아가기 위한 버스에 진행 요원들과 내가 마지막으로 들어서자 먼저 타고 있던 참석자들이 큰 소리로 환호하며 나를 맞았다. 임무를 성공적으로 수행한 것 같아 뿌듯하면서도, 주인공은 내가 아닌데 괜히 내게 관심이 집중되는 것만 같아 마음이 무겁기도 했다.

통역사들을 당황하게 만드는 상황은 아주 다양하다. 그중에서도 한국 사람들만 알아듣는 농담을 외국인들에게 통역해야 할 때는 굉장한 고민이 따른다.

"왼손에 파를 들면 좌파지."

이런 문장을 한자어까지 설명하며 정확하게 통역한다 해
도 유머 코드가 다른 외국인에게는 재미있을 리 없다. 농담
을 이해시키려고 맥락을 설명하다 보면 피치 못하게 통역이
길어져 대화 흐름에 방해가 되기도 한다. 이러한 연유를 미
처 짐작하지 못하는 연사는 외국인들의 반응이 미지근할 때
괜히 통역 탓을 한다.

통역사들 사이에 전설처럼 전해 내려오는 일화가 있다.
연사가 말한 농담을 영어로 통역해봤자 외국인들이 웃지 않
을 것을 예상한 통역사가 재치를 발휘했다.

"지금 연사가 농담을 하고 있습니다. 모두들 웃어주세요."

참석자들이 크게 웃었고, 연사는 자신의 농담에 웃는 줄
알고 좋아했다고 한다. 어찌 되었든 연사와 참석자들 모두
만족했으니 통역의 목적은 달성한 셈이다. 국제 무대 경험
이 많은 외국 연사 중에는 한국식 농담이나 속담, 유행어 등
을 미리 공부해 연설 중간에 한 중 히는 사람들이 꽤 있다. 자
신의 말을 듣는 청중의 문화를 배려한 것이다. 청중도 자신
의 문화에 대해 관심을 가지고 준비해온 연사에게 더 친근감
을 느끼는 것은 당연하고, 그만큼 호응을 하니 성공적인 연
설이 될 수밖에 없다. 거꾸로 외국인을 대상으로 발표나 연
설할 때, 한국 사람들만 이해하는 농담을 하기보다 외국인의

공감을 살 수 있는 예를 활용해 봐도 좋을 것이다.

규모가 큰 국제행사라면 돌발 상황은 필수다. 순서가 현장에서 갑자기 바뀌는 것은 예사고, 준비했던 영상이 갑자기 재생되지 않아 기술적 문제를 해결할 동안 MC가 시간을 끌어야 하는 경우도 있다.

평창동계올림픽이 개최되기 1년 전, 기념행사였던 평창 국제음악제 오프닝 리셉션에서 MC를 맡았다. Mnet VJ로 주목받았던 방송인 이기상 씨가 한국어 MC여서, 한참이나 후배인 나는 긴장이 되면서도 든든했다. 정 트리오, 손열음 씨 등 내로라하는 세계적인 클래식 음악가들이 한자리에 모이는 축제였다. 리허설까지는 문제없었다. 본 행사가 시작되고 한국어와 영어로 멘트를 이어가는데, 내가 순차 통역을 하기로 한 환영사 순서가 돌아오자, 갑자기 MC들이 서 있는 포디움으로 주최 측의 메모가 전달되기 시작했다. 예정에 없던 손님들이 환영사나 축사를 하고 싶어 하니 통역을 해달라는 것이었다. 최대한 침착함을 유지하려고 애쓰며 하나씩 통역을 했는데, 문제는 그렇게 갑자기 연설을 하겠다고 나선 외국인들이 한두 명이 아니었다. 결국엔 내여섯 명의 연설을 통역해야 했고 나중에는 노트 테이킹을 할 종이가 모자랐다. 노트 테이킹을 하지 못하는 상황이라면 온전히 나의 메모리에 의존해 통역해야 한다. 특히나 환영사, 축사에 주로 언급되는 수많은 기관 이름과 사람 이름, 고유명사들을 모두 기억하기란 어렵다. 그때 옆에서 지켜보던 이기상 씨가 본인의 대본을 얼른 찢어 내밀어주었다. 그게 아니었다면 정말 아찔한 상황이 벌어졌을 것이다. 노련한 *MC*의 순간 대처 능력, 대본의 한 귀퉁이가 나를 살렸다.

Two ▶

통역사에게 요구되는 많은 자질 중 하나는
순발력이다. 통역이라는 프로세스 자체가 언제나
예기치 못한 일들이 발생하기 마련이기 때문이다.
빨리 끝날 거라거나 내용이 어렵진 않을 거라는
클라이언트의 말은 절대 믿으면 안 된다.
완벽한 준비란 있을 수 없다.

슬럼프 극복하는 법

　형사정책연구원에서 일할 때 내게 유엔에서 일해볼 것을 제안했던 검사님은 그때부터 지금까지 줄곧 가까이에서 또는 멀리에서 나를 지켜봐왔다. 사회생활을 시작했을 때 만난, 내 인생에 있어 귀인이다. 정신없이 눈앞에 닥친 일을 해결하기 위해 동분서주하는 나를 보고, 그래도 현재에 안주하지 말고 3~4년 뒤의 내 모습을 그려보라는 조언을 해주셨다. 그 말이, 지난 10년간 진로 고민을 할 때마다 내가 이 일을 계속한다면 3~4년 뒤의 나는 어떤 모습일지를 떠올리게 했다. 가만히 앉아 상상해보면 내가 어떤 선택을 해야 하는지가 분명해졌다. 유엔에서 더 근무할 수 있었는데도 한국으로 돌아왔을 때도, 5년 넘게 일하던 외교부를 그만두고 프리랜서로 전향하는 것을 고민할 때도, 프리랜서로 수년간 일한 뒤 또 다른 길을 선택한 지금도, 고민이 해답을 찾아주며 쾌한 공식이었다.

　통역이 너무 좋고, 매일 공부하며 영어와 씨름하면서 살아왔지만 내 미래에 대한 고민은 늘 안고 살았다. 중학생 시절부터 꿈꿔왔던 통역사가 되었고, 유엔, 외교부 등 생각지도 못했던 곳에서도 일을 해보니 이제 무엇을 꿈꾸고, 무엇을 목표로 삼아 어디로 달려가야 하는지 모를 때가 있었다. 삶에서 중요한 한마디를 남긴 검사님에게 의지할 수밖에 없는 것은 당연했다. 조심스레 고민 상담을 할 때도 검사님은 지금껏 꿈꾸던 일을 이루었다고 해서 모든 게 끝났다고 생각하지 말라고 하셨다.

양옆의 시야를 가려 오직 앞만 보고 달리던 경주마가 그 가림막이 벗겨지면 잠시 동안 어디로 가야 할지 몰라 주춤거린다. 하지만 이내 온 세상 어디로든 갈 수 있다는 것을 깨닫는 순간, 여태까지 달려왔던 것보다 더 힘차게 도약하게 된다. 나도 마찬가지다. 내가 이룬 첫 번째 꿈을 디딤돌 삼아 이제 한 목표만 바라보던 시야를 더 넓게 가지고 더 큰 세상으로 나갈 준비를 하는 시기에 있는 것이라는 말이었다. 일에 익숙해지면서 느슨해질 뻔했는데, 말씀을 듣고 나서는 내가 배우고 경험하는 모든 것들을 어떻게 잘 활용해서 한 단계 더 나아갈 수 있는 발판으로 만들지를 고민하게 되었다. 마음가짐이 바뀌니 같은 사무실에서 똑같은 일을 하는데도 활력이 생기고 열정적으로 임하게 되는 것은 당연했다.

다 큰 어른이 되었어도 때로는 투정 부리고 싶고, 내 고민이 이 세상 가장 큰 고민처럼 느껴진다. 털어놓을 수 있는 상대를 만나면, 방금 통역을 마친 재판 이야기를 하면서 불친절한 판사에 대한 불만도 쏟아놓고, 검사가 했던 말 중에 내가 알아듣지 못했던 단어들을 잔뜩 써와서 무슨 뜻인지 여쭤보기도 한다. 법에 대해 하나도 모르는 내가 법정에서 통역을 잘할 수 있을지, 하는 게 맞는 것인지도 모르겠다는 원론적인 고민도 가감 없이 얘기한다.

대학원에서 법학을 공부하는데도 간단한 개념을 몰라 헤매는 내가 부끄럽고, 재판 중에 모르는 단어가 나올 때마다 당황스러워서 내가 법정 통역을 계속하는 것이 옳은 일인지 확신이 서지 않을 때가 많았다. 그러던 어느 날 검사님이 내 노트를 가만히 보더니 커다란 동그라미 하나와 그 안에 작은 동그라미 하나를 그렸다. 내가 아는 지식이 작은 동그라미만큼일 때는 무한대의 지식과 접하는 면이 크지 않지만, 나의 지식이 큰 동그라미만큼 커졌을 때는 무한대의 지식과 접하는 면이 늘어난 셈이기 때문에 그만큼 모르는 것도, 궁금한 것도 많아지는 것이 당연하다고 했다. 공부하면 할수록 모르겠다는 생각이 드는 건 그만큼 아는 게 많아졌기 때문일 거라고 격려해주었다.

나는 항상 확신을 받고 싶었던 것 같다. 사람이 모두 완벽할 수는 없고, 서로 힘을 합쳐 일을 해결하는 과정에서 나도 하나의 중요한 책임과 역할을 가지고 일조하고 있다는 말을 듣고 싶었던 것 같다. 무거운 마음으로 들어왔다가 가벼운 발걸음으로 나설 수 있는 건 나를 헤아려주는 인생 선배의 조언이었다.

연구원에서 시작된 인연들은 지금까지도 내게 든든한 지원군이 되어준다. 훗날 법무부장관을 지내기도 한 당시 원장님은 오랜 세월 학생들을 가르치는 교수로 살아온 분이라 특히 공부, 수업, 연구에 있어서만큼은 언제나 격의 없이 적극적으로 응원해준다. 식사 자리에서 이야기가 나왔던 판례의 사건번호를 며칠 뒤 다시 물었을때 직접 문자로 보내주기도 했다. 이런 모습을 보면서 진정한 스승의 면모를 느끼고 있다. 이들에게 받는 호의와 도움들은 사람과 사람 사이의 일들을 귀하게 여길 수밖에 없게 한다.

외교부를 그만둘 생각을 할 때쯤, 대학원 선배이자 한 로펌의 대표였던 변호사님에게서 밥 한번 먹자는 연락이 왔다. 근처에 볼일이 있나 보다 대수롭지 않게 여기고 점심을 먹으러 갔다. 정작 변호사님의 일이 늦게 끝나 그와 동행했던 다른 변호사들과 먼저 밥을 먹었다. 시간이 흘러 외교부를 그만둔 다음 날부터 바로 그 로펌에서 일하게 되었다. 후일담을 들었는데, 그날의 점심 식사가 일종의 면접이었던 셈이었다.

그는 로펌 일을 하면서도 내가 프리랜서 통역사로 일하는 것을 적극적으로 지원해주었고, 로펌의 클라이언트 회사에 통역이 필요하다면 소개해주기도 했다. 로펌에 소속되어 일해도, 미래를 함께 고민해주고 여러 가능성을 제시하는 직장 상사가 있다는 것은 큰 행운이었다. 그와의 인연으로 통역사 이후의 미래도 그려볼 수 있었다.

2017년, 로펌 클라이언트였던 한 분이 본인 회사의 프로젝트로 샌프란시스코에 두세 달 정도 내가 같이 가주면 좋겠다고 제안했다. 이때도 변호사님은 반대하지 않았다. 나 역시 로펌 일에 소홀하지 않으려고 온라인으로 처리할 수 있는 업무는 최대한 해서 보냈다. 평소에도 통역사로만 머물기보다 나중을 생각해 야간 로스쿨이나 방송통신대학 로스쿨 제도 등을 고려해보라고 이야기해주었고, 내가 미국에 머물게 되자 더 적극적으로 여러 로스쿨의 과정들을 살펴보라고 조언했다. 응원해주는 사람이 있으니 당장 실행에 옮기지는 못하더라도 마음 한쪽에는 또 다른 계획으로 분명히 각인되었다.

멘토들에게서 받는 통찰은 나를 안주하지 않게 한다. 그들은 자신이 이미 이루어놓은 사회적 지위나 성취에 만족하지 않는다. 자신의 성장을 몸소 보여주기 때문에 그때마다 나는 반성할 수밖에. 피곤한 숙명을 타고났나 보다 하며 한탄하다가도 이러한 자극과 격려가 없었다면 나는 과거의 어느 지점에 한없이 머물러 있었을 것이다. 하고 싶은 공부를 쉬지 않고 시도해볼 수 있다는 것, 나를 무조건 지지하는 이들이 많다는 건 내가 지치지 않고 나아갈 수 있는 동력이다.

3장 통역사의 길을 걸으려 한다면

영어 그리고 통역에 푹 빠진 학창 시절을 보내며 내 직업을 통역사로 정한 지 오래였던 터라 대학교 졸업 후에는 다른 고민 없이 바로 통번역대학원 입시 준비를 시작했다. 전문 학원에 등록하고 매일 새벽같이 일어나 공부했다. 아침부터 늦은 밤까지 수업을 듣고, 스터디하고, 혼자 공부하며 소위 '통대 고시'라고 불리는 시험 준비에 전념했다. 학원은 우리나라에서 영어 잘하는 사람은 죄다 모아놓은 곳 같았다. 선생님이 들려주는 영어 뉴스나 칼럼을 들은 학생들이 막힘없이 한국어로 통역하는 것을 보고 충격받았다. 사실 나도 그 전까지만 해도, 영어 뉴스를 들을 땐 알아듣기만 하면 그 내용을 한국어로 옮기는 것은 그다지 어려운 일이 아니라고 생각했다. 하지만 될 일이 대강 알아듣는다고 아니었다. 조사, 동사 등 문장 요소를 빠짐없이 섬세하게 듣고 기억한 후에 머릿속에서 재구성하여 한국어 문장으로 깔끔하게 옮겨야 했다. 내가 알던 것과 차원이 다른 프로세스였다.

첫 시간에 이어, 다음 수업인 한국어-영어 통역은 좀 쉬울 거라고 생각했다. 적어도 한국어를 못 알아듣지는 않을 테니까. 그러나 예상과 달리 첫 번째 시간보다 더 큰 충격을 받고 말았다. 스터디 파트너가 한국어로 짧은 글을 읽어줄 때까지만 해도 내용을 다 기억했다고 생각했다. 그런데 막상 그 내용을 영어로 다시 말하려니 어떻게 시작해야 할지 몰라 계속 버벅거렸다. 주위의 다른 학생들은 다들 거침없이 그리고 자신 있게 영어로 통역하고, 놓친 부분이나 틀린 부분을 파트너와 이야기할 동안 나는 소위 멘탈 붕괴 상태에서 허우적거렸다. 초기에는 좌절의 연속이었다. 이 길은 내 길이 아니라고 생각해봤을 법도 하지만 포기할 생각이 든 적은 없었다. 차차 나아지겠지, 내일은 오늘보다 더 잘 되겠지 긍정적으로 생각했다.

내가 다닌 중앙대학교 통번역대학원의 커리큘럼에는 국제학 수업이 포함되어 있다. 통번역 공부만 하기에도 벅찬데 국제학 수업까지 듣는 건 무리라고 생각될 수도 있다. 하지만 학부에서도 통번역학을 전공했기 때문에 다른 전공에 대한 배경지식이 전혀 없던 나에게는 더할 나위 없이 좋은 기회였다. 통역과 번역을 잘하기 위해서는 언어 실력을 기본으로 갖춰야 하지만 그에 못지않게 중요한 것이 해당 분야에 대한 배경지식이다. 내가 이 학교를 선택한 가장 큰 이유이기도 했다. 알고 통역하는 것과 모르고 통역하는 것은 통역의 깊이에서 큰 차이가 난다. 국제관계학, 경제학, 국제기구 수업 등 학기마다 다양한 국제학 수업을 들으면서 생소한 개념들을 기록해두었다. 영어를 잘하는 교수님의 수업 시간엔 그가 쓰는 표현을 살짝 녹음해서 복습하기도 했다.

'이 개념을 설명할 땐 이 부분에서 이런 동사를 쓰는구나. 이 단어는 내가 알고 있던 뜻과는 다른 뜻으로 쓰이네.'

전공과목의 내용보다는 그것을 전달하는 도구인 언어, 즉 영어에 집중했다. 전문적 지식보다 일반적인 내용을 아주 정제된 표현으로 전달하기 때문에 언어 자체를 섬세하게 사용해서 통역해야 하는 연설문 통역과는 달리, 각종 실무 회의나 세미나 등의 통역을 할 땐 전문 지식이 필요했다. 실제 그 분야에서 쓰는 단어나 표현으로 통역하지 않으면 어색한 통역이 되어버린다는 것을 너무나 잘 알고 있었기에, 전공 못지않게 국제법 공부도 매진할 수밖에 없었다.

앞서 언급했지만 영어를 잘하는 것과 통번역을 잘하는 것은 별개의 이야기이다. 영어는 통번역을 잘하기 위해 필요한 여러 요소 중 하나에 지나지 않는다. 영어가 한국어만큼이나 편한 해외파도 수업 시간에는 어려움을 겪는다. 통번역대학원에서 영어를 배울 것이라고 오해하는 경우가 많다. 영어 실력은 입학 요건 중 하나일 뿐이다. 대학원에서는 어휘 실력, 논리력, 분석력, 이해력, 순발력, 기억력 등 여러 자질을 바탕으로 한 통역 스킬을 훈련한다. 벼락치기가 통하지 않는 전공이라 습관처럼 연습하는 수밖에 없다. 그렇다고 무조건 책상 앞에 오래 앉아있는다고 실력이 느는 것도 아니다. 책을 읽고 개념을 이해하고 분석하는 연구가 아니라 언어를 바탕으로 한 '스킬'이기 때문에 적은 연습량에 비해 타고난 것처럼 잘하는 사람도 있고, 성실한 연습벌레인데도 실력이 잘 늘지 않는 사람도 있다. 그래서 어렵사리 통번역대학원에 입학해놓고도 도중에 포기하고 자퇴하는 학생도 꽤 있다.

대학원 시절 2년이 내 인생에서 제일 열심히 공부한 기간이었다. 다시 하라고 하면 고개를 내저을 것이다. 공부하다 지쳐 스트레스를 풀러 클럽에 가서도 외국인 친구들과 이야기하다 새로운 표현을 듣게 되면, 집에 돌아오자마자 노트에 정리해두고 외워서 연습할 정도였으니 말이다.

2년 동안 월요일부터 토요일까지 그리고 아침부터 저녁까지 수업이 꽉 차있었고, 수업 사이에 틈을 내 동기들과 끊임없이 스터디를 하고, 좌절하고, 서로 격려하고, 집에 오는 길에 막막한 마음을 애써 달래기를 매일 반복했다. 통역과 번역은 100% 실기수업이기 때문에 수업 때마다 개인의 능력치를 낱낱이 평가받는 피 말리는 과정의 연속이다. 나태해질 수 없는 환경이다. 대학원 시절에 들인 습관으로 요즘에도 밤에는 영어로 된 오디오북, 각종 영어 팟캐스트 등 장르를 불문하고 영어로 된 무언가를 틀어놓지 않으면 잠이 잘 오지 않는다.

통역의 한 종류인 순차 통역을 잘하기 위해서는 일단 '섬세하게' 들어야 한다. 조사 하나하나, 동사의 축약형, 발음이 나지 않는 끝소리까지 모든 단어를 하나도 빠짐없이 정밀하게 듣는 연습이 필요하다. 자신이 들은 내용을 이해하고, 논리와 메시지를 파악하고, 기억해서 노트 테이킹한 것을 참고 삼아 다시 도착어로 풀어내야 한다. 전체의 메시지를 전달하는 것이 통역이기 때문이다. 이론적으로는 우리가 평소에 다른 사람과 대화할 때보다 최소 다섯 배 이상 집중해야 이 모든 프로세스를 동시에 처리해 통역할 수 있다고 한다. 또 순차 통역은 많은 사람이 지켜보는 가운데 통역사 혼자 말을 해야 한다. 시선이 집중되는 것에 지나치게 긴장을 하거나 무대공포증이 있다면 힘들 수 있다. 게다가 돌발 상황을 대비해 순간 대처능력과 순발력 또한 갖추고 있으면 좋다.

『The Economist』와 같은 영문 시사잡지를 비롯해 외국 연사들의 연설문, 영자신문들은 기본으로 읽었지만 한국어 또한 명료하고 유창해야 하기 때문에 우리나라 뉴스를 보거나 신문, 잡지를 읽는 것도 게을리하지 않았다.

말을 한다는 것은 청중을 염두에 둔다는 것이다. 많은 사람에게 나의 발화가 잘 전달되도록 발성뿐만 아니라 발음도 좋아야 한다. 내가 더욱 뉴스를 보게 된 이유이기도 하다. 순간 기억력을 위해 텍스트 길이를 늘리며 암기하는 훈련도 했다. 노트 테이킹도 숙련되지 않으면 처음엔 오히려 통역에 방해가 될 수 있어 부지런히 연습해야 했다. 매체에 비치는 통역사들의 친숙한 모습들을 보면 그리 어렵지 않은 것처럼 보일 것이다. 그렇다면 통역사들의 피나는 노력이 성공한 것이다. 사실 머릿속에서는 이렇게나 많은 프로세스를 동시에 처리하느라 정신없이 바쁘다.

연사가 보통 2~3분 정도 말한 후 통역을 하고, 다시 연사가 말하는 식으로 진행되는 것이 순차 통역이다. 그와 달리 동시통역은 연사가 말하는 것과 동시에 통역 부스 안에서 다른 언어로 통역하는 것을 뜻한다. 통역사의 존재가 눈에 띄지 않기 때문에 순차 통역에 비해 남의 시선을 덜 의식해도 된다는 장점이 있지만, 한국어와 영어는 어순과 문법구조가 완전히 달라서 두 언어를 동시에 양방향으로 처리하는 것은 결코 만만한 작업이 아니다. 동시통역을 할 때도 노트 테이킹의 도움을 받는다. 인이어로 연사의 말을 들으면서 수치나 고유명사 등을 필기해가며 통역하는 것이다. 통역사 대부분이 헤드폰이나 인이어를 한쪽만 끼고 통역한다. 한쪽 귀로 연사의 말을 듣는 동시에, 나머지 한쪽 귀로는 자신이 하는 통역을 들으면서 모니터링하는 것이다. 이런 방식이 아니면 명료한 발화가 되지 않는다.

한번은 동시통역 수업 시간에 한 시간가량의 한국어 강연을 과제로 받았다. 다음 시간에 영어로 동시통역을 해볼 테니 미리 배경지식과 용어 등을 공부해오라는 것이었다. 원래는 수업 시간에 몇몇 용어들만 미리 알려주고 텍스트는 미리 보여주지 않은 채 동시통역을 하고, 그 이후에 다 같이 텍스트를 보면서 크리틱, 일명 비평을 한다. 당시에는 동시통역을 배운 지 얼마 되지 않았던 때이기도 했고, 규모 큰 관련 세미나에서 한 강연이었기 때문에 내용이 어려워 미리 텍스트를 공개한 것이었다.

일반 대중이 아닌 동종업계의 실무자들을 대상으로 한 강연이었기 때문에 전공자가 아닌 내가 들었을 때 한국어로도 내용을 이해하기가 어려웠고, 생소한 용어와 표현도 너무 많았다. 수업할 때마다 좌절과 절망에 가득 차있었던 터라 잘할 수 있을까 걱정됐다.

의지할 것은 구글밖에 없었다. 마침 명절 때라 본가에 내려가 은행에 근무하는 이모부에게 부탁드려가며 겨우 영어 스크립트를 완성했다. 그다음에는 내가 준비한 영어 표현들이 입에서 자동적으로 나올 때까지 계속 반복했다. 결국 스크립트를 통째로 외워버렸다. 드디어 수업 시간이 되었다. 학생들이 차례로 통역 부스에 들어가 통역하고, 교수님과 다른 학생들이 크리틱을 했다. 이어서 내 차례가 되었다. 어떤 크리틱을 들을지 몰라 떨리는 마음으로 부스에 들어섰다. 연습 때처럼 완벽하게 다 따라가지도 못했고 미리 숙지해둔 표현이 순간적으로 떠오르지 않아 다른 표현으로 얼른 바꿔서 말하고 넘어간 부분도 있었다. 그런데 크리틱이 모두 끝나고 교수님이 나 혼자 강연의 일부를 다시 통역하라고 했다. 나는 어리둥절해하며 다시 부스에 들어가 조금 전에 했던 것처럼 영어로 통역했고 교수님은 잘한 예시라고 칭찬해주었다. 물론 놓친 부분이 있었지만 같은 한국어 표현이라도 그때그때 다른 영어 표현으로 순발력이 있었다고 코멘트했다. 철저히 준비하고 연습한 결과였다. 그날만큼은 가벼운 발걸음으로 강의실을 나섰다. 동시통역은 현장성이 강하지만 사전 준비를 철저하게 하면 더 좋은 통역을 할 수 있다는 걸 배웠다.

과제가 어려우면 걱정하고 불안해하기만 할 것이 아니라

조금은 비효율적인 방법이긴 하지만 스크립트를 통째로 외울 때까지 연습하는 습관이 그때 생겼다. 지금도 그렇다. 내게 불안을 극복할 수 있는 유일한 방법은 깨어있는 모든 순간을 허비하지 않고 연습하는 것이다. 어떻게든 나만의 방법을 강구해 자신의 한계라고 생각했던 계단 하나를 가까스로 오르고 나면 다음 계단을 마주했을 땐 피하지 않고 발을 내딛어볼 용기가 생긴다.

Three ▶

순차 통역을 연습하려면 텍스트를 불러주는 파트너가 필요하지만, 동시통역은 통역 부스에 들어가서 연습하지 않더라도 귀에 이어폰을 꽂고 어디서든 연습해볼 수 있다. 공부할 때 습관이 남아있어 버스나 지하철 안에서든 길을 걸으면서든 나도 모르게 무언가를 들으면 입으로 중얼거리게 된다. 그러다 누가 쳐다보면 그제야 깨닫고 깜짝 놀라 그만두곤 한다. 유난스러워 보일 수도 있지만 그렇게 버릇처럼 해온 것들이 차곡차곡 쌓여 도움이 된 것은 분명하다.

통번역대학원에서 영어를 배울 것이라고
오해하는 경우가 많다. 영어 실력은 입학 요건 중
하나일 뿐이다. 대학원에서는 어학 실력, 논리력,
분석력, 이해력, 순발력, 기억력 등 여러 자질을
바탕으로 한 통역 스킬을 훈련한다.
벼락치기가 통하지 않는 전공이라 습관처럼
연습하는 수밖에 없다.

치열했던 2년이 지나고 대학원 졸업시험의 순간이 찾아왔다. 실기시험이라서 당일에 감기라도 걸리면 큰일이었다. 한 달 전부터는 컨디션 조절에 신경 썼다. 시험 날, 다른 과 학생들과 함께 대기실에서 차례를 기다렸다. 여기저기서 영어, 중국어, 러시아어로 연습하는 바람에 여러 언어가 마구 뒤섞여 머릿속이 어지러웠고, 오히려 더 긴장되었다. 어차피 눈에 들어오지도 않는 연설문을 접고 눈을 감으며 마인드 컨트롤을 하려고 애썼다. 그때 한 동기가 "이건 영어로 뭐라고 하면 좋을까?" 하며 들고 있던 연설문을 내게 보여주었다.

"옷깃만 스쳐도 인연이다."

동기가 가리킨 문장은 지극히 한국적인 인용구였다. 연설문에는 우리나라 속담이나 사자성어가 인용되는 경우가 많아 그 의미를 영어로 옮길 때 애를 먹는다. 나는 "이런 거 시험에 안 나와." 하고는 다시 눈을 감았다. 드디어 내 차례가 왔고 배정받은 통역 부스에 들어가 준비했다. 한-영 동시통역 텍스트는 연설문이었다. 긴장하지 말고 내가 할 수 있는 만큼만 실수 없이 하자는 생각으로 차분히 통역해나갔다. 그러다 순간 나는 내 귀를 의심했다. 거짓말처럼 대기실에서 동기가 보여주었던 바로 그 문장이 나온 것이다. '아까 잠깐이라도 들여다볼걸. 아니, 이 문장이 시험에 나올 거라는 걸 도대체 어떻게 알았지?' 생각하느라 이미 1~2초가 지나가고 말았다. 매우 짧지만 동시통역 중에 1초 이상의 침묵은 길게 느껴질 수 있다. 너무 긴장해서 당시 어떻게 통역을 했는지는 정확히 기억이 나지 않는다. "*A brief encounter… leads to a long-standing relationship*" 정도로 처리하고 넘어갔던 것 같다. 마음에 쏙 드는 완벽한 표현은 아니었다. 그래도 일단 놓치지 않고 어떻게든 했다는 사실에 안도했다. 내 순서가 끝나고, 먼저 시험을 보고 기다리던 동기들이 있는 곳으로 갔다. 다들 착잡한 심정으로 아무런 말도 없이 앉아있는 것을 보고 나 역시 한마디도 꺼낼 수 없었다. 지난 2년 동안 열심히 연습한 결과가 이 정도밖에 되지 않는 건지 자괴감이 몰려왔다.

순차 통역 시험도 마찬가지였다. 커다란 강의실에 지도교수님과 원어민 교수님이 앉아있고, 그 앞에 혼자 앉아 한국어 텍스트를 들으며 노트 테이킹을 하고, 영어로 통역을 하는 시험 과정은 지금 생각해도 손이 떨린다. 노트 테이킹을 하는 내 손이 파르르 떨리는 것을 내 눈으로 직접 보며 통역을 했다. 마지막에 "*Thank you*"라고 말을 하고 펜을 내려놓는 순간 나도 모르게 눈물이 뚝 떨어졌다. 드디어 끝났다는 안도감과 후련함이 눈물과 함께 쏟아져 나온 것이다.

결과 발표 날, 컴퓨터 모니터 앞에 앉아 1초에 한 번씩 새로고침 버튼을 눌러댔다. 동기들은 하나둘 합격 또는 불합격 소식을 전해왔는데 내 메일계정에 무슨 문제라도 생겼는지 한 시간이 지나도 아무런 연락을 받지 못했다. 기다리다 못해 학교에 전화하기도 했다. 초조해하다가 결국 스팸 메일함에서 겨우 메일을 찾아냈다. 떨리는 손으로 클릭을 했고, 전 과목 통과를 확인하는 순간 내 심장은 마구 쿵쾅거렸다. 바로 엄마한테 전화해 합격 소식을 알리며 펑펑 울었다.

기쁨은 오래가지 않았다. 이제 취업이라는 걸 해야 하는 시기가 왔다. 이력서를 넣는 곳마다 1차 서류는 쉽게 통과되었지만, 그다음 번역 시험, 통역 시험을 통과하더라도 꼭 최종 면접 단계에서 미끄러졌다. 한 정부 기관의 최종 면접에서 "상사가 불합리한 지시를 하면 어떻게 대처하겠느냐"는 질문을 받았다. 당시 취업 면접을 처음 본 나는 그 질문이 나의 자세를 평가하기 위한 것임을 눈치채지 못했다. 만일 그런 일이 생긴다면 그 상사가 잘못한 것이 아니냐는 취지로 대답했다가 보기 좋게 떨어졌다. 모 대기업에 80:1이라는 경쟁률을 뚫고 서류 전형을 통과했지만 결국 최종 면접에서 밀어졌다. 통번역대학원 재학 시절 제주도에서 열린 'ASEM 재무장관 회의'에 통역사로 참여한 경력이 있으니 기획재정부는 합격 가능성이 높을 것이라고 안일하게 생각했다가 번역 시험에서 떨어지고 말았다.

스무 곳이 넘는 곳에 서류를 준비해서 지원하고, 시험을 보고, 면접을 보고, 불합격 통보를 받고 좌절하기를 반복하다 보니 슬슬 지쳐갔다. 차라리 일찌감치 서류 전형에서 떨어졌더라면 번역 및 통역 시험을 치르고, 면접을 보느라 에너지를 소모하는 일은 없었을 텐데. 동기들은 거의 취업했을 무렵인 2월이 한참 지난 때에도 나는 여전히 취업 준비생이었다. 다들 현장에서 일하고 있었기 때문에 나와 함께 스터디해줄 사람도 없었다. 졸업시험만 통과하면 곧바로 멋진 통역사로 활발하게 활동을 하게 될 줄 알았는데 착각이었다. 누구나 그렇듯 처음에는 관심 있는 회사나 기관을 골라서 지원하다가 더는 그럴 수가 없는 처지가 되자 분야를 막론하고 통역사 채용 공고가 나면 무조건 이력서를 넣고 시험을 보러 다녔다.

이제 더 이상 공고도 올라오는 곳이 없어 이러다 말로만 듣던 백수가 되는 건 아닐까 위기를 느끼던 참에 법무부 국제형사과에서 통역사를 채용한다는 공고가 올라왔다. 전혀 생각해보지 않았던 분야여서 잠시 망설였지만 어디든 들어가야겠다고 생각한 이상 내게 선택권은 없었다. 예상대로 또 최종 면접 단계까지 올라갔다. 특이하게 지원자 여러 명이 조를 이루어 면접을 보는 방식이었다. 지원자 각각에게 간단한 질문을 하고 대답을 듣고 난 뒤, 주어진 질문에 영어로 대답을 해보라고 했다. 감명 깊게 본 영화나 외국에서 살면서 겪었던 재미있는 에피소드 등 어려운 주제는 아니었다. 내 차례가 왔다. 크게 긴장하지 않아도 되겠다며 안심하고 있었는데, 한 면접 위원이 물었다.

"인간이 왜 범죄를 저지른다고 생각하세요?"

처음엔 잘못 들은 줄 알았다. '인간이 왜 범죄를 저지르냐고? 세상에, 그걸 내가 어떻게 알아! 왜 나한테만 이런 걸 물어보는 거지? 망했다.' 몇 초 동안 머릿속에 온갖 원망과 걱정들이 스쳐 지나갔다. 통역사들은 자신의 의견을 내는 걸 지양한다. 통역 과정에서 통역사 본인의 생각이나 감정이 들어가면 안 되기 때문이다. 항상 화자의 말과 메시지를 객관적으로 분석해서 그 의미를 정확하게 화자의 의도대로 전달하는 훈련을 하는 것은 물론이다. 당연히 자신의 의견을 논리적으로 잘 설명하는 통역사들도 많지만 나는 그렇지 못한 경우에 해당한다. TV 대담 프로그램을 보더라도, 한 사람이 이런 주장을 펼치면 '아, 그렇구나' 하고, 또 다른 사람이 완전히 반대되는 주장을 펼치면 이번에도 '아, 저 사람은 저렇게 생각하는구나' 한다. 그대로 받아들이는 데는 익숙하지만 어떤 주장에 대해서 비판적으로 판단하고 평가하는 것에는 서툴렀다. 그래서 인간이 범죄를 저지르는 이유에 대해 다른 사람이 쓴 글을 한국어 또는 영어로 읽어주고 다른 언어로 통역하라고 하면 가능한데, 내 생각을 말하라고 했으니 당황할 수밖에.

'내 생각? 난 생각해본 적이 없는데? 통역사한테 통역을 안 시키고 왜 이런 걸 시키는 거지?' 하며 속상해하던 찰나 며칠 전에 봤던 다큐멘터리 〈아마존의 눈물〉이 생각났다. 아마존에 사는 원주민들은 욕심이 없어 남의 것을 탐내지 않았

153

다. 남자들이 사냥해오면 모든 구성원이 똑같이 나눠 먹고, 누군가 삐쳐있을 때는 다 같이 몰려가서 간지럼을 태워 기분을 풀어주던 모습이 떠올랐다. 그런 아마존의 원주민들 사이에서는 범죄가 일어날 수 없을 것 같았다. 과연 그 이야기가 질문에 적합한 사례일지 고민할 겨를도 없이 말부터 꺼냈다. 원주민들의 성향에 대해 간단히 영어로 설명한 다음, 인간이 범죄를 저지르는 근원적인 이유는 바로 남의 것을 탐내는 탐욕에서 시작되는 것은 아닐까 생각한다고 이야기했다. 이번 면접도 떨어졌다고 체념한 상태여서일까. 오히려 마음이 편했다. 대답을 못 해서 창피당하지 않은 것만으로도 다행이라고 생각하고 기대 없이 집으로 왔다. 합격자 발표가 다가왔고 결과는 예상대로 불합격이었다.

다음 날 전화를 한 통 받았다. 한국형사정책연구원이라는 곳이었다. 알고 보니 전날 있었던 법무부 국제형사과 면접에서 내게 문제의 그 질문을 했던 위원이 연구원의 국제형사사법센터장이었던 것이다. 그 시험에서 1등을 한 지원자가 법무부 국제형사과 에디터가 되었고, 내가 2등을 했다고 알려주면서, 연구원에서도 에디터를 채용하고 있는데 혹시 면접을 볼 생각이 있는지 물었다. 형사정책에 대해서도 역시 아무것도 아는 바가 없었지만 일단 갔다. 면접에서는 간단한 질문과 대답이 오간 후 과제가 하나 주어졌다. 한국 검사들의 청렴도 개선 방안에 대해서 영어로 말해보라고 했다. 어떻게 대답했는지는 기억나지 않는다. 하지만 그다음 날 바로 합격했다는 전화가 왔다.

수없이 면접을 보러 다니며 자괴감이 들었지만 긍정적으로 생각해보면 속성 면접 훈련을 한 것이나 마찬가지였다. 어디든 가리지 않고 지원해서 이 이상 새로운 면접 형태는 없을 거라고 생각될 정도로 다양한 통역사 면접을 경험했다. 또 항상 최종 면접까지 올라갔기 때문에 임원처럼 높은 지위에 있는 사람들 앞에서 통역을 해본 덕분에 적어도 면접만큼은 긴장하지 않게 되었다. 이제 어떤 걸 물어볼지 감이 잡힐 정도라고나 할까. 정부 기관이라면 해당 부처의 장관 혹은 차관의 연설문과 언론 보도 자료를 찾아보는 것은 기본이고, 최근에 개최된 국제행사가 있는지, 어떤 해외 전문가들과 교류를 하는지 검색해 그 내용과 주요 단어들을 기억해두면 번역, 통역 시험 때 유용하다. 번역 시험은 해당 기관에서 주로 다루는 문서의 형태가 어떤 것인지를 알아두어야 한다. 예를 들면, 외교부는 조약, 헌법재판소는 결정문, 대기업은 주주총회 의사록 등일 것이다. 실제 시험문제로도 나왔던 것으로 기억한다.

이런 과정을 지나니, 외교부에 입사할 때는 면접에서 1등은 했다. 질문을 귀찮처 많이 받아 이쪽저쪽을 번갈아 보며 대답하기 바빴던 바로 그 면접이었다. 예전에 보았던 스무 번의 면접과는 어쩐지 달랐다. 마치 내가 대답을 잘할 수 있는 질문들만 골라서 해주는 것 같아 신기하기까지 했으니. 취업 스트레스가 있었지만, 그때가 아니었더라면 이후에 이직할 때 사회 초년생이 아닌데도 또다시 방법을 몰라 헤맸을지 모

른다. 필요 없는 경험은 없다. 뼈저린 경험을 자산으로 전환
할 수 있는 것도 나밖에는 할 수 없는 일이다.

통역사들은 자신의 의견을 내는 걸 지양한다.
통역 과정에서 본인의 생각이나 감정이 들어가면
안 되기 때문이다. 항상 화자의 말과 메시지를
객관적으로 분석해서 그 의미를 정확하게 화자의
의도대로 전달하는 훈련을 한다.

통역사는 어떻게 영어 공부를 할까

"무슨 일 하세요?"

"통역사예요."

"영어 엄청 잘하시겠네요!"

누군가를 처음 만나면 대화의 시작은 늘 같다. 많은 사람의 생각 속에 통역사는 영어를 잘하는 사람이라는 이미지가 여전히 강한가 보다. 그다음 대화는 자연스럽게 어떻게 하면 영어를 잘할 수 있는지에 대한 이야기로 이어진다. 하지만 내가 "왜 영어를 잘하고 싶으세요?" 되물으면 대부분 대답을 망설인다. 자신에게 영어가 왜 필요한지, 영어를 왜 잘하고 싶은지를 먼저 생각하기보다 영어는 무조건 잘해야 한다는 인세게 무의식 속에 깔려있기 때문인 것이다. 이해되지 않는 것은 아니지만, 공부의 목적을 먼저 생각한다면 어떻게 공부를 해야 하는지 그 방법은 자연스럽게 따라온다.

강원대학교에서 영어 동기부여 특강을 한 적이 있다. 취업과 진로 고민이 가득한 학부생들에게 똑같은 질문을 해보았다.

"취업할 때 필요하니까요."

"영어는 잘해두면 좋으니까요."

"다들 영어는 잘하니까요."

예상했던 대답이었다. 나는 다시 물어보았다.

Three ▶ "졸업하고 무슨 일을 하고 싶으세요? 꿈이 뭐예요?"

혹여 학생들이 딱히 꿈이나 졸업 후에 하고 싶은 일이 없다고 하면 어쩌나 내심 걱정했다. 그러기가 무색하게 이번에는 학생들이 적극적으로 손을 들고 대답했다. 그중에는 "저는 사회체육학과 학생입니다. 나중에 할머니, 할아버지들이 건강하게 운동할 수 있도록 도와드리고 싶어요"라고 답한 학생이 있었다. 또, "저는 거미를 연구하는 학자가 되어서 연구를 많이 하고 싶어요"라고 했던 학생도 있었다. 꿈이 확실한 그들이라면 내가 할 수 있는 이야기도 달라진다.

모든 사람이 영어를 잘할 필요는 없다. 다만 하고 싶은 일을 조금 더 잘하기 위해서라면 영어는 틀림없이 유용한 수단이다. 막연히 영어를 잘하고 싶다고 생각하기 전에, 다른 사람이 아닌 나에게 영어가 왜 필요한지, 영어를 활용해서 궁극적으로 내 일을 어떻게 더 잘할 수 있을지를 생각해보는 것이 중요하다. 예를 들어, 거미학자가 되고 싶은 친구는 학교를 졸업하고 유학을 가서 영어를 쓰며 학업을 이어갈 수 있다. 학자가 되어 연구 활동을 할 때도 다른 나라의 과학자들이 영어로 쓴 논문을 읽으며 공부하거나, 국제학술대회에 참가해 본인이 연구한 내용을 영어로 발표하고 의견을 교류할 수도 있다. 그래서 이 친구는 먼저 유학에 필요한 영어 시험, 논문을 읽고 쓸 수 있는 읽기와 쓰기 능력에 중점을 두고 준비하는 것이 좋을 것이다.

지인의 부탁을 받아 어느 여배우의 영어 과외를 한 적이 있다. 그를 처음 만나던 날에도 나는 똑같이 영어를 왜 배우고 싶은지 물었다. 연예인이니 해외 진출을 염두에 두고 있거나 영어를 사용하는 배역을 맡을지도 모르니 대비하려는 줄 알고, 외국 배우들의 인터뷰와 해외 연예잡지, 영상 자료를 미리 준비해 갔다. 그런데 대답은 뜻밖이었다. 아기가 이제 세 살인데 어린이집에서 영어를 배우기 시작했다고 한다. 엄마로서 영어를 공부해 아기에게 영어 동화책도 읽어주고, 영어 노래도 같이 불러주고 싶어서 배우고 싶다는 것이었다.

사람들은 서로 다른 배경에서 자랐고, 저마다 다른 인생을 계획하고, 각기 다른 꿈을 꾸며 살아간다. 내게 필요한 것, 네가 원하는 것이 모두 다를 수밖에 없고, 그에 맞게 영어 공부도 자신만의 방법을 찾는 것이 좋다. 통역사로 일하면서 가장 많이 받는 질문이 영어 공부 방법에 관한 것이다. 통역사 중에는 해외에 거주한 기간이 길어 영어를 유창하게 말하는 이도 있고, 순수 국내파인데도 원어민처럼 잘하는 이도 많다. 영국에서 고등학교만 잠시 다닌 나는 해외파, 순수 국내파도 아닌 어중간한 위치이다. 게다가 통역은 스킬이 더 중요해서 지금도 시간이 날 때마다 부지런히 영어 인풋*Input*을 늘리고 연습하려고 노력한다.

일하는 동안 귀가 아플 정도로 영어를 듣지만, 시간이 날 때마다 좋은 영어를 골라 듣고 싶은 갈망이 있다. 아침에 일어나면 나갈 준비를 하며 습관적으로 영어 방송을 틀어둔다. 집에서 다른 일을 하더라도 영어를 들을 수 있도록 환경을 만들고, 군이 주의를 집중하고 있지 않더라도 귀를 열어둔다.

동시통역을 하기 위해서는 연사의 말을 들으며 머릿속에서 메시지를 파악해, 그 논리를 이해하고 분석, 종합해서 도착어로 재생산해야 한다. 동시에 내 입에서 나가는 나의 통역 또한 다른 한쪽 귀로 들으면서 모니터링을 하기 때문에 통역사들끼리는 이를 '뇌 쪼개기'라고 부른다. 어떤 일을 하든, 집에서 또는 운전하는 동안 배경음악처럼 영어를 들으면 내 머릿속도 여러 일을 동시에 하는 훈련이 자연스레 되는 것 같다. 외교부 조약과에서 일할 때 한 심의관은 사무실에 항상 *BBC* 뉴스를 틀어놓았다. 조약 하나를 검토하면 우리 과의 다른 사무관과 함께 마치 숙제 검사를 받듯이 그의 방에 가서 소리를 서로 불러 끝까지 새민도하며 회의를 했다. 꼬박 3~4시간이 걸린 적도 있었는데 회의하면서도 그가 틀어놓은 *BBC* 뉴스를 나도 모르게 동시에 듣고 있었다. 눈으로는 테이블에 놓인 자료들을 보고, 입으로는 내가 수정한 부분에 대해 설명을 하면서도, 귀로는 *BBC* 뉴스를 듣고 있던 것이다. 멀티 태스킹은 훈련이 가능하다는 것을 경험한 뒤로 더 부지런히 무언가를 틀어두게 되었다. 영어는 한국어와 달리 억양이 중요한 언어라서 귀가 영어의 '멜로디'에 익숙해질 수 있도록 최대한 자주 노출해주는 것이 좋다.

국제회의 통역을 하다 보면 영어권 국가의 연사보다 비영어권 국가 연사의 영어를 한국어로 통역해야 하는 경우가 더 많다. 그래서 평소에 다양한 악센트를 들어두는 것이 도움이 된다. 영국, 호주, 미국 방송을 골고루 듣기도 하고, *BBC* 라디오는 잉글랜드뿐만 아니라, 스코틀랜드, 웨일스 등 다른 지역의 방송도 일부러 찾아서 듣는다.

미국 드라마나 영화를 여러 번 반복해서 귀가 트일 때까지 보는 방법을 많이들 시도하는 것 같다. 안 들리는 부분은 수십 번이고 들릴 때까지 반복하라는 조언을 나도 들었다. 그런데 내 생각은 다르다. 내가 모르는 단어나 표현일 경우 백 번 들어도 안 들릴 수밖에 없다. 우리나라 뉴스를 듣다가도 생소한 단어나 한자어가 나오면 쉽게 알아듣지 못할 때가 있는데, 하물며 영어는 어떻겠는가. 주눅 들거나 좌절할 필요는 없다. 스크립트를 찾아보거나 외국인 친구의 도움을 받아 그 단어를 정확히 알아낸 다음 거꾸로 다시 들어보면, 그 단어가 어떻게 발음이 되어 소리가 나는지, 내가 이 단어를 모른 채로 들었을 땐 왜 들리지 않았는지를 알 수 있다. 나는 이런 방법이 훨씬 더 효율적이라고 생각한다.

직업상 나의 글을 쓰기보다는 다른 사람이 쓴 글을 번역을 하는 경우가 더 많다 보니 좋은 영어 표현과 한국어 표현을 익혀둔다. 번역할 때 유용하게 활용할 수 있고, 완성된 번역문의 퀄리티도 좋아진다. 내가 주로 쓰는 방법은 한국어 또는 영어 잡지를 읽으며 하이라이트^{Highlight}를 하는 것이다. 시사잡지를 주로 보고 때로는 문화, 패션 등 그때그때 관심이 가는 장르의 잡지를 본다. 몰랐던 단어나 다음에 비슷한 맥락에서 활용하고 싶은 표현이 나오면 체크하고 시간 날 때마다 다시 뒤적여보면서 기억해둔다. 마음에 드는 문장은 통째로 외워둔다.

통번역대학원 입시 준비를 할 때 '뒤집기'라는 것을 한다. 노트를 세로로 반을 접어 한쪽에는 한국어, 다른 한쪽에는 영어를 적어두고 한쪽을 가린 다음 한국어만 보고 영어를 떠올리고, 반대로 영어만 보고 한국어를 떠올리는 연습을 하는 것이다. 하지만 허점이 있었다. '사과 → *apple*'처럼 한국어와 영어가 완벽하게 1:1로 딱 떨어지는 경우가 제한적이었다. 어차피 언어 체계와 사고방식이 완전히 다르기 때문에 좋은 한국어 표현을 찾아서 적어두었더라도 꼭 맞는 영어 대응표현을 찾지 못해 비워두는 칸이 수두룩했다. 또, 어떤 한국어 표현을 듣고 멋져서 따로 메모해두었다가도 그에 맞는 영어 표현은 찾지 못해서 그 한국말을 그대로 번역해서 사용하려고 하면 영어로 들은 외국인에게는 내가 느낀 '멋짐'이 전혀 전달되지 않는 경우가 많았다. 한국어는 한국어로 들었을 때 자연스러운 표현, 영어는 영어로 들었을 때 자연스러운 표현이 가장 좋다는 것을 깨달았다.

그 뒤로는 굳이 뒤집기를 하기 위해서 1:1로 짝 맞추기를 하지 않는다. 좋은 표현들이 있으면 한국어는 한국어대로, 영어는 영어 그대로 데이터베이스에 쌓으려고 한다. 한국어를 더 좋은 한국어로, 그리고 영어를 더 좋은 영어로 쓸 수 있게 되면 내가 쓰는 글이 훨씬 더 풍성해질 것이다.

또 한 가지 내가 중단한 것은 단어장을 만드는 일이다. 통번역대학원에 입학하면 다양한 분야의 텍스트로 통역이나 번역 연습을 하는데, 분야별로 용어목록을 만들어서 꽤 큰 용량의 단어장을 만들어나가는 친구들이 많다. 나도 처음엔 시도했다가 곧 그만두었다. 단어장을 만드느라 소요되는 시간과 에너지에 비해 활용도가 그리 크지 않았다. 전문 용어들은 더욱더 그랬다. 인터넷으로 쉽게 검색해서 알 수 있는 정도의 용어들과 실제 통역을 하러 가서 듣게 되는 실무 용어들은 꽤 다르다. 그래서 미리 외워둔다고 해도 그대로 활용할 수 있는 것들이 그리 많지 않다. 통역을 맡게 되면 자료를 미리 전달받아 공부하는 것이 더 효율적이다. 단어장을 만들어서 단어만 단편적으로 외우는 것보다 내가 관심 있는 분야의 서적, 신문 기사 등 다양한 글을 틈틈이 읽으면서 맥락과 함께 단어의 쓰임을 익혀두는 것이 훨씬 더 자연스러운 아웃풋에 도움이 된다.

"무엇이든 많이 읽는 것은 아무리 강조해도 지나치지 않는다." 방금 말한 이 문장은, 바로 위에서 언급한 어색한 뒤집기의 예시가 될 수 있다. 영어식 표현이라 그대로 한국어로 번역해서 사용하니 어색하게 들린다. 앞서 말한 것처럼 나는 무언가를 읽을 때 내용보다는 마음에 드는 표현에 항상 밑줄을 그어가며 읽는 습관이 있어서 어떤 글이든 읽는 속도가 아주 느리다. 심지어 가볍게 읽을 수 있는 글도 마음에 드는 표현이 나오면 체크해두고 싶어 무의식적으로 더듬더듬 펜을 찾게 된다.

공부할 때도 교과서, 논문 등의 학술적인 영문 글을 주로 읽고, 실제 관심 분야와 일할 때 본 글도 조약, 정부 문서 등이었기 때문에 같은 영어 텍스트라도 부드러운 문체의 소설보다는 딱딱한 세약서가 내센 더 익숙하고 잘 읽힌다. 소설, 잡지, 신문 기사, 전공 서적 등 장르를 불문하고 무조건 많이 읽는 것은 어떤 식으로든 분명히 도움이 되지만 현실적으로 불가능하다. 관심이 있거나 필요한 분야의 글들을 많이 읽어두면 상황에 맞게 활용할 수 있다. 가끔 번역을 하다가 나도 모르게 어떤 영어 표현을 써놓고는 '내가 이런 표현을 어떻게 알지?', '내가 이 표현을 알고 있었나?' 싶을 정도로 평소에 눈으로 읽어서 무의식적으로 나올 정도로 공부해야 할 것이다.

능벅하나 로빈 수체와는 전혀 상관없는 이야기를 하는 이들이 많다 건축 시스템과 관련된 국제회의에 갔는데 갑자기 어느 연사가 런던에서 있었던 테러로 목숨을 잃은 사람들을 추모하는 취지의 메시지를 말하기도 하고, 특허침해 소송 미팅에서는 아이스 브레이킹 차원으로 메이저리그 야구 경기에 대해 이야기를 하는 변호사도 있었다. 평소에 뉴스를 자주 보는 이유다. 세계 곳곳에서 어떤 일들이 일어나고 있는지 두루 알아두고 각 상황에서 주로 쓰이는 주요 표현을 익혀둘 필요가 있다. 나는 야구에 전혀 관심이 없더라도 적어도 연사들이 무슨 말을 하는지는 알아듣고 사고 없이 통역해낼 수 있어야 하기 때문이다.

통역사들에게 바이블처럼 여겨지는 잡지『The Economist』와 몇 년 전부터 보기 시작한『Monocle』을 자주 읽는다. 외교부에 다닐 때는『Foreign Affairs』를, 얼마 전 스타트업 관련된 일을 하게 되었을 땐『Bloomberg Business week』를 보기도 했다. 신문은『FT』,『The Guardian』을 좋아하고,『New York Times』도 가끔 읽는다. 습관으로 자리 잡은 것이 또 있는데, 외국 영화를 보고 나면 꼭 그 원서를 사서 읽는 것이다. 책을 읽는 동안 머릿속으로는 영화의 장면들을 떠올리게 되고, 눈으로는 책의 문장들을 읽어 내려가니 영어 문장들이 생생하게 살아서 나에게 차례차례 입력되는 것 같아 즐겨 하는 일 중 하나이다.

나는 네이티브가 아니다. 통역사로 일하면서도 네이티브가 아니라는 사실을 늘 약점이라고 생각했다. 하지만 영국 친구에게 고민을 털어놓았을 때, 뜻밖이 이야기를 해주었다. 한국에서 영어를 가르쳐보았는데 영어를 네이티브 수준으로 잘하는 사람들은 너무 많지만, 자신의 말이 아닌 다른 사람의 말을 잘 통역할 수 있는 사람은 많지 않다는 것이었다. 영어만 잘하면 통역은 쉽게 할 수 있을 것이라고 생각하는 사람들을 만날 때마다 '영어를 잘하는 것'과 '통역을 잘하는 것'은 차원이 다르다고 힘주어 주장하곤 했는데, 정작 내가 그 사실을 잊고 있었던 것이다.

듣기, 쓰기, 읽기 연습이 탄탄하다면 말하기를 잘할 수 있는 토대는 마련된다. 통역이라는 것은 거기에 조금의 스킬을 더하면 된다. 내 고향은 부산인데, 부산 사투리에는 일본어 표현이 굉장히 많다. 부산 사람들이 일본어를 하면 잘하는 것처럼 들린다고도 한다. 이유는 억양이 비슷해서이다. 마찬가지로 영어로 말하는 연습을 할 때 중요한 것 하나가 악센트나. 아무리 어려운 단어를 사용하고 문법이 완벽히 지켜진 문장으로 말을 하더라도 악센트가 없는 한국어처럼 영어를 말하면 외국인들의 귀에는 부자연스럽게 들릴 것이다.

악센트를 연습할 수 있는 좋은 방법은 'shadowing'이다. 닮고 싶은 앵커가 있거나, 즐겨 듣는 영어 방송이 있으면 하나를 골라 약간의 시간 차를 두고 그대로 따라 말해보는 것이다. 실제로 발음하며 따라 해보면 단순히 그냥 들을 때보다 속도가 빠르게 느껴질 것이다. 통역사들은 한국어 발화도 명확해야 하므로 한국어 뉴스로 연습하는데, 모국어로도 따라서 발하는 것이 쉽지 않다는 걸 알게 된다. 영어 리듬에 익숙해지면 내가 혹사 영어를 말 때나 유산자게 만자는 데 도움이 된다. 운동선수들이 시합 전 스트레칭으로 몸을 푸는 것처럼 나도 통역하는 날에는 행사장으로 가는 길에 차 안에서 계속 따라서 말해본다.

통역은 1:1 단어 바꾸기가 아니다. 한국어로 말했을 때 한국 사람이 받아들이고 이해하는 것을 영어로 옮겼을 때 외국인이 똑같이 받아들이고 이해하는 효과를 내는 프로세스가 통역이다. 단어를 단순히 변환하는 것이 아니라 '메시지'를 전달하는 것이다. 기자회견 통역을 하러 가면 진행자가 기자들에게 항상 하는 말이 있다. "질문이 있는 분들은 손을 들고, 소속을 밝힌 뒤 질문을 해주시길 바랍니다"라는 말이다. 통역 훈련을 받지 않은 일반인에게 이 문장을 통역해보라고 하면 대부분 *"If you have any question, please raise your hand and…"* 정도까지 말하고 나서 멈칫하는 경우가 대부분이다. 순간 '소속이 영어로 뭐지?'라고 생각하는 것이다. 여기서 소속이라는 말은 지극히 한국적인 표현이기 때문에 한영사전에서 찾은 단어로 통역하면 알아는 듣겠지만 고개를 갸웃거릴지도 모른다.

"Please identify yourself."

이럴 때 쓰는 내가 좋아하는 표현이다. 이 말을 들은 외신기자들은 자연스레 자신이 일하고 있는 방송국과 이름을 밝힐 것이다. 소속을 밝혀달라는 한국어를 들었을 때 한국 기자들이 "네, 저는 ○○○ 방송국의 ○○○ 기자입니다"라고 말하는 것처럼, 외신기자들은 '소속'이라는 단어에 1:1로 해당하는 영어 단어가 아닌 '*identify yourself*'라는 말을 들으면 쉽게 이해하고 자신의 소속을 밝히게 되는 것이다.

한국어를 듣고 한국 사람이 반응하는 것과 동일하게, 영어를 듣고 영어를 쓰는 사람들이 반응하도록 하는 효과를 발생시키는 것이 통역의 원리다. 이것은 아주 단순한 예시에 불과하지만, 서로 다른 언어와 문화를 넘나드는 통역 프로세스는 굉장히 매력적이면서도 동시에 어렵다. 통역한 날 밤엔 하루를 돌아보면서 내가 실수한 부분이나 부족한 점에 대해 자책하느라 잠을 못 이룬다. 통역사로 일하는 한 앞으로도 그럴 것이다. 그래서 항상 긴장하고 끊임없이 공부하고 연습하는 것은 통역사의 숙명이다.

통역은 스킬이다

통번역대학원은 책값이 들지 않는다. 비싼 원서를 사야 하거나 전공 교과서가 따로 있는 것이 아니기 때문이다. 영문 시사잡지, 대통령 연설문 등 대부분 온라인에서 구할 수 있는 다양한 자료를 활용한다. 거꾸로 생각하면 정해진 시험 범위가 없다는 뜻이 된다. 가령 법대 수업처럼 '1,500여 페이지에 달하는 교과서를 다 읽으면 한 과목 시험을 볼 수 있다'라는 식의 가늠할 수 있는 정도가 없다는 것이다. 무엇을 얼마나 읽고, 듣고 연습해야 하는지, 과연 내가 잘하고 있는 건지 알 수 있는 기준이 없어 막막함이 더해진다. 그래서 대학원 과정은 자기와의 싸움에서 지지 않는 것이 관건이다. 다른 동기가 어떤 자료로 공부하는지, 어떤 방식으로 연습하는지, 누는 스터디를 일주일에 몇 번이나 하는지 일일이 신경 쓰나 보면 길피를 잡지 못하고 이리저리 흔들리게 된다. 결국 내 손해다.

통역사로 일할 때도 마찬가지다. 10여 년 동안 일했지만 스스로 만족한 통역은 없었다. 직접 통역한 내가 나를 가장 잘 알기 때문에 일을 마치면 나는 스스로 크리틱을 해본다. 어떤 통역사는 통역 부스 안에 녹음기를 켜놓고 자신의 통역을 녹음해서 한 번씩 되새겨보기도 한다. 경력이 오래되고 베테랑인 통역사라고 하더라도 누구나 실수는 하기 마련이고, 통역은 여러 외부적 요인을 크게 받기 때문에 뜻대로 통역이 이루어지지 못하는 경우도 있다. 사람과 사람 사이에서 '말'을 전하는 것이므로 '완벽한 통역'이란 애초에 있을 수 없다. 모든 내용을 틀리지 않고 전달했다고 해서 완벽한 통역이 되지는 않는다. 통역사에 따라 사용하는 단어와 표현이 다를 것이고, 좋은 통역과 그렇지 못한 통역을 구분하는 일률적인 잣대는 없기 때문이다. 글라이언트에게 통역을 잘했다는 칭찬을 들었다고 해서 우쭐하거나, 반대로 컴플레인이 있었다고 해서 지나치게 좌절하는 것도 어리석은 일이다.

어느 날, 이틀에 걸쳐 열린 세미나에서 동시통역을 하기로 되어있었다. 주최 측 담당자가 사전 미팅을 하면 좋겠다고 해서, 파트너 통역사와 함께 회의 일주일 전에 미팅을 했다. 담당자는 연사 중 한 명의 강연을 예전에 직접 통역해본 적이 있는데, 본인이 만나본 연사 중 통역하기가 제일 어려웠던 기억이 있어 우리가 걱정되어 돕고 싶은 마음에 미팅을 제안한 것이라고 설명했다. 그 담당자의 말을 빌리자면, "통역하다가 기절할 뻔했다"는 것이다. 하필 내가 맡은 연사이기도 했다. 불안한 마음을 안고 행사 당일 회의장으로 갔다. 드디어 그 연사의 순서가 왔고, 첫마디를 떼자마자 만만치 않겠다는 것을 직감했다. 단순히 말하는 속도가 빠르다고 해서 통역하기가 어려운 것은 아니다. 많은 요인이 있지만 예

통역사의 길은 걸으며 한다면

를 들어, 한 문장 안에서 주어가 누구인지 분명하지 않고, 문장을 말하다 끝맺음을 하지 않고 다른 문장을 시작해버리고, 앞뒤 문장 간의 연결이 논리적이지 않고 두서없이 말을 해버리면 특히 한국어와 영어는 문장의 구조가 완전히 다르기 때문에 통역이 불가능해진다.

이 연사가 말하는 방식은, 적어도 두세 문장 정도는 들어본 후에야 한참 앞서 말한 문장의 주어가 누구인지 겨우 유추할 수 있는 식이었다. 속도가 빠른 것은 문제도 아니었다. 그날 저녁 주최 측으로부터 전화가 왔다. 통역 컴플레인이 있었으니 내일은 조금 더 신경 써달라고 했다. 파트너 통역사가 "연사가 저렇게 말하는데 이 이상 어떻게 더 통역을 잘해. 난 언니가 한 게 최선이라고 생각해"라고 말할 정도였다. 영어를 그냥 영어로 듣고 이해하는 것과 한국어로 통역을 하기 위해 듣는 것에는 차이가 있는데, 이 차이는 통역사들만 알기 때문에 그런 말을 했던 것이다. 나보다 실력이 더 뛰어나고 능숙한 통역사가 했더라면 컴플레인이 나오지 않게 잘 처리했을 수도 있다. 하지만, 먼저 겪어본 담당자와 통역 부서에서 함께 연사의 말을 들었던 파트너 통역사는 나의 각은 억울함을 알아줄 것이다. 다음 날, 같은 연사의 강연을 또 내가 통역하기로 되어있었다. 무거운 마음으로 임했고, 하루아침에 말하는 습관이 변할 리는 없으므로 나름대로 최선을 다하긴 했지만 스스로 느끼는 정도는 어제와 크게 다르지 않았다. 그날은 끝나고 통역을 잘했다는 칭찬을 들었지만, 그 말에 안도하거나 뿌듯할 일은 아니었다. 내가 어떤 점에서 부족하고 미숙했는지에 대한 객관적인 평가는 이미 스스로 했기 때문이다.

내가 느끼는 내 통역의 퀄리티는 크게 다르지 않은데, 어떨 때는 극찬을 받고 어떨 때는 컴플레인을 받는다. 그리고 연차가 쌓일수록 동료 통역사가 아닌 비통역사인 일반 사람의 평가에 무던해진다. 초심을 잃거나 타성에 빠져서가 아니다. 주어진 조건들이 우호적이든 그렇지 않든 통역사로서 할 수 있는 최선을 다한 후, 부족했던 점을 보완해나가는 것이 가장 현명하고, 또 중요하다는 것을 잘 알기 때문이다. 대학원 때와 마찬가지로 자신을 날카롭게 평가하고, 새로 깨달은 부족함을 개선할 수 있도록 연습을 게을리하지 않되, 지나치게 타인의 평가에 좌우될 필요는 없다.

통역사가 연습하는 스킬 중에서 기본적인 것이 메모리 스팬*Memory Span* 늘리기이다. 입시 준비 때부터 했던 것이다. 파트너가 불러주는 한국어 또는 영어 기사나 연설문을 기억했다가 다시 한국어 또는 영어로 말해본다. 한두 문단에서부터 시작해 점차 길이를 늘려가는데 입시 시절에는 거의 한 페이지 반 정도는 수월하게 기억했다.

2019년 여름 즈음, 구글의 전 두들러*Doodler*이자 현재 애니메이션 스튜디오인 톤코 하우스*Tonko House*의 아트디렉터 마이크 더턴*Mike Dutton*이 한국을 방문했다. 이틀 동안 열린 워크숍 통역을 맡았고, 중간중간 여러 매체와의 인터뷰도 많았다. 통역하는 것을 지켜보던 그가 "그런데 내가 이렇게 길게

통역사의 길로 걸으며 한다면

이야기하는 것을 통역사가 어떻게 다 기억하는지 너무 놀랍다"는 말을 했다. 인터뷰는 기술적인 내용, 전문 용어, 복잡한 수치들이 나오는 것이 아니었기 때문에 노트 테이킹도 거의 하지 않고 대부분 메모리에 의존해서 통역했으니 더 신기하게 보였나 보다. 필요한 경우에는 노트 테이킹의 도움을 받기는 하지만, 매일 통역 연습을 하다 보면 자연스레 메모리 스팬은 늘어나게 된다. 그리고 통역할 때는 일상적인 대화를 할 때보다 훨씬 더 집중해서 듣기 때문에 이런 과정은 통역사들에게는 매우 익숙한 프로세스이다.

노트 테이킹은 순차 통역을 배우며 같이 배우게 된다. 기본적으로는 메모리를 최대한 활용해 기억하되, 기억한 내용을 상기하는 데 도움을 받기 위해서 중요한 포인트만 노트에 기록하는 것이다. 이때 노트 테이킹을 하느라 듣는 내용을 기억하는 데 방해를 받으면 안 된다. 통역사들마다 노트 테이킹을 하는 방식은 천차만별이다. 원래도 악필인 나는 들으면서 빨리 적느라 휘갈겨 적어두곤 한다. 그러면 노트를 보고 통역할 때 내 글씨를 못 알아봐서 오히려 방해가 되는 경우가 많았다. 그래서 숫자나 사람 이름과 같은 고유명사를 제외하면 거의 기호와 그림으로 그려두는 편이다.

통역사들이 노트 테이킹을 하는 것을 보고 속기하는 것처럼 내용을 다 받아 적는 것으로 오해를 한다. 간혹 회의가 끝나면 회의록을 작성할 때 참고하려고 하니 노트한 것을 달라고 한 적도 있고, 기자회견 통역을 할 땐 기자들이 와서 노트한 것을 사진 찍어도 되겠냐고 묻는 경우도 있었다. 이전에 데포지션 통역을 하러 갔을 때도 통역 내내 노트 테이킹을 하는 것을 보고 법무팀 변호사 한 분이 기밀 유지가 걱정되었는지 슬쩍 노트를 보러 왔다가 크게 웃으면서 "이건 봐도 아무도 모르겠다"며 혀를 내둘렀다.

노트 테이킹을 위해 필기감이 좋은 펜과 노트를 갖추는 것도 필수다. 빠르게 써야 하므로 통역사들은 부드럽게 잘 미끄러지는 제트 스트림 펜과, 손에 잘 잡히는 A5 사이즈에 스프링이 있고 가운데 세로줄이 있는 노트를 공식처럼 사용한다. 나도 마찬가지다. 노트 테이킹은 세로로 하고, 하나의 의미 단락이 끝날 때마다 가로줄을 그어 구분하도록 배운다. 물론 이 역시 사람에 따라 다르다. 청와대 행사를 할 때 만난 대통령 전담 통역사의 노트를 우연히 본 적이 있다. 고급 영어를 구사하고 있다고 생각한 터라 더욱 노트 테이킹 방법이 궁금했다. 하지만 기대와 달리 외교부 사무실 캐비넷에 항상 쌓여있는 특별할 것 없는 노트 패드에 한글로 또박또박 중요한 단어 몇 개만 두서없이 여기저기 적혀있을 뿐이었다. 결국 자신에게 가장 잘 맞는 방법을 터득하는 것이 최선이다.

여러 자업의 언속인 통역사들에게 중요한 스킬에는 일명 '뇌 쪼개기' 훈련이 있다. 말 그대로 뇌를 여러 부분으로 나누어 각각 동시에 쓰는 것이다. 직접 해보지 않고서는 감이 안 올 것이다. 훈련 방법은 다음과 같다. 상대방이 신문 기사를 읽어주는 것을 들으면서 나는 동시에 입으로 소리 내어 숫자를 100부터 1까지 거꾸로 센다. 그다음 내가 들었던 기사 내용을 다시 기억해 말해보는 것이다. 여기서 난이도를 조금 더 높이면 한국어로 들은 기사 내용을 영어로 말해보거나, 영어로 들은 기사 내용을 한국어로 말해보는 것도 시도해볼 수 있다. 상대가 읽어주는 기사도 기억해야 하고, 동시에 숫자도 틀리지 않게 입으로 말해야 하다 보니 처음에는 숫자도 몇 개씩 건너뛰고, 듣는 데 집중하느라 입으로 나가는 말을 모니터링하지 못해서 발음도 뭉개져버린다. 분명히 들은 것 같은데도 기사 내용이 기억나지 않는 경우도 있다. 뇌 쪼개기가 제대로 되지 않아서 나타나는 현상들이다. 하지만 이 또한 기술이기 때문에 연습만이 생명이다. 꾸준히 연습하다 보면 뇌가 적절히 잘 쪼개져 듣고, 이해하고, 기억하고, 다른 언어로 전환하고, 동시에 입으로 말하는 각각의 과정들이 서로 다른 뇌의 영역에서 동시에 일어나게 된다.

노트 테이킹할 때 쓰는 펜과 노트 외에도 통역사들에게는 장비발이 있다. 동시통역을 할 때 쓰는 헤드폰이 그것이다. 나는 주로 뱅앤올룹슨의 A8 오픈형 이어셋을 사용하고, 회의가 길어져 오후쯤 귀가 아파지면 소니의 노이즈 캔슬링 헤드폰으로 바꾼다. 헤드폰을 쓰면 귀가 편안하지만 섬세하게 듣고 싶을 때는 더 가까이 들리는 인이어가 좋다. 요즘엔 무선 이어폰을 사용하는 통역사들도 많지만, 나는 귀에 걸쳐지는 안정적인 느낌이 좋아서 뱅앤올룹슨 이어셋을 아직도 쓰고 있다. 또 통역 부스 안이 환기가 잘 안 되면 목에 금방 무리가 가기 때문에 휴대용 공기청정기를 가지고 다니는 통역사도 있다. 여름철엔 소형 선풍기를 들고 오는 이들도 많다. 무대가 멀어 화면이 잘 안 보일 때를 대비해서 오페라글라스를 챙겨 다니는 통역사들도 있다. 정해진 것은 아무것도 없다. 최상의 통역 퍼포먼스가 나오는 데 도움이 되는 것이면 어떤 것이든 안 될 이유는 없다.

이렇게 통역은 스킬이다. 인하우스 통역사로 오래 일을 해서 주로 순차 통역만 한 통역사들은 가끔 동시통역 의뢰가 오면 "이제 동시를 할 수 있을지 모르겠어." 하며 걱정한다. 조금만 연습을 게을리해도 금방 감이 떨어지기 때문이다. 통번역대학원에서부터 미리 경험할 수 있다. 1학년 때 순차 통역을 배우고 2학년이 되면 동시통역을 배우게 되는데, 초반에는 갑자기 순차 통역이 순조롭게 되지 않는 것을 느낀다. 순차 통역과 동시통역은 다른 스킬이기 때문이다. 일하면서도 여전히 감을 잃지 않기 위해 촉각을 곤두세운다. 한동안 번역 프로젝트를 하다가 오랜만에 순차 통역을 하게 되면 처음엔 노트 테이킹이 잘 안 되는 등 다시 적응기를 거쳐야 하는 경우도 있다. 피곤한 직업이구나 싶다가도, 그렇기 때문에 사용하는 장비에서부터 통역 퍼포먼스에 이르기까지 내 스타일을 만들어나갈 수 있는 매력 있는 직업이라는 생각도 든다.

사람과 사람 사이에서 '말'을 전하는 것이므로
'완벽한 통역'이란 애초에 있을 수 없다.
모든 내용을 틀리지 않고 전달했다고 해서 완벽한
통역이 되지는 않는다. 통역사에 따라 사용하는
단어와 표현이 다를 것이고, 좋은 통역과 그렇지
못한 통역을 구분하는 일률적인 잣대는 없기
때문이다.

AI가 통역사를 대체할 수 없는 이유

통역사가 하는 일은 너무나 다양하고, 같은 종류로 구분되는 일을 하더라도 통역사에 따라 저마다 다른 색깔로 표현된다.

통역사는 말만 전달하는 로봇이 아니다. AI가 통역사를 완벽하게 대체할 수 없는 데는 여러 이유가 있지만 그중 하나는 바로 사람에 대한 이해가 필요하다는 점일 것이다. 상대방이 하는 말을 잘 이해하고 전달하기 위해서는 단순히 겉으로 드러나는 말뿐만 아니라, 서로 다른 문화적 차이 등 쉽게 보이지 않는 맥락에 대한 이해가 수반되어야 한다. 말하는 사람의 문화와 듣는 사람의 문화 차이를 충분히 알고 그들 가운데서 적절히 조율해 말을 전달하는 것 또한 통역사가 해야 하는, 그리고 통역사만이 할 수 있는 일이다.

언어를 이해한다는 것은 곧 문화를 이해한다는 것과 같다. 직업 특성상 항상 여러 국적의 사람들과 함께 일하다 보니 한국 사람들과도, 외국 사람들과도 이질감 없이 대화하고 유연한 태도로 임할 수 있게 됐다. 문화의 다양성에 대한 낯섦은 더 없다고 생각했는데, 중동 순방 출장을 갔을 때 새로 겪은 문화가 있었다. 카타르 외교부에서 회의를 할 때였다.

중동 국가에서는 향을 피우는 것을 좋은 기운을 받아들이는 것으로 여긴다. 손님들이 방문했을 때나 심지어 정상 행사를 하기 전에도 마치 성스러운 의식을 하듯 한 사람이 향을 피워 들고 다니고 사람들은 향이 몸에 배도록 손으로 연기를 끌어안아 온몸에 뿌리는 시늉을 한다. 회의실에 들어가서 처음 그 향냄새를 맡았을 때 낯설었지만 꾹 참았다. 회의가 시작되자 차를 대접해주었는데, 찻잔이 소주잔의 반 정도 되는 아주 작은 크기라 차를 따라줄 때마다 우리는 한입에 다 마셔버리고 빈 잔을 내려놓았다. 그럴 때마다 빈 잔을 그대로 두면 큰일이라도 나는 듯 계속해서 차를 부어주었고, 차를 따라주는 대로 계속 마시다 보니 점점 배가 불러왔다. 다른 사람들도 나와 같은 심정인 눈치였다. 그때 차를 따라주던 직원과 눈이 마주쳤고, 아주 작게 손으로 거절 사인을 보냈다. 그랬더니 그 직원이 내게 가까이 다가와서 차를 그만 마시고 싶을 땐 찻잔을 들고 가볍게 흔들면 된다고 귀띔해주었다. 그제야 깨달은 나는 얼른 찻잔을 들어 흔들었고, 다른 사람들에게도 눈치껏 이렇게 하라고 사인을 보냈다. 그러지 않으면 회의가 끝날 때까지 차를 계속해서 마셔야 했을 것이나. 언어와 싱관없는 문화저관습이지만 작은 문화적 차이를 알고 그에 맞게 행동을 할 수 있는 유연성도 통역사가 갖출 만한 점이라고 생각한다.

규모가 큰 국제회의에서 통역이 필요한 순서에만 무대에 올라가 진행자 옆에서 통역하고 다시 내려오는 경우가 종종 있었다. 대부분의 청중이 한국 사람들이라 행사를 한국어로 진행하는데 몇 명의 외국인 연사가 짧게 연설하는 경우가 그에 해당한다. 또는 반대로 전체 행사는 영어로 진행하는데 몇 명의 한국인 연사가 발표를 한국어로 할 경우, 그 순서에만 무대에 올라가 통역을 하고 내려오는 경우도 있다. 이런 일이 반복되자 아예 전부 영어로 진행해달라는 의뢰를 하나둘씩 받기 시작했고, 영어 *MC*도 내가 통역사로서 많이 하는 일 중 하나가 되었다. 아나운서만큼의 진행은 아니지만 영어로 전달해야 하는 내용이 중요성이 클 경우, 통역사들에게 영어 진행을 의뢰하는 경우가 점점 많아졌다. 보통 소규모 회의에서 순차 통역을 하거나, 규모가 큰 행사라고 할지라도 통역 부스 안에서 하는 동시통역을 할 땐 차분히 평정심을 가지는 것이 중요하다. 그에 비해 영어 *MC*를 할 땐 큰 무대에서 수많은 관중을 바라보며 전체 분위기를 이끌어갈 수 있는 대범함도 필요하다. 행사의 성격에 맞게 적절한 의상을 준비하는 것도 이제 익숙해졌다. 낮에는 정장을 입고 회의를 진행하다가도 이어지는 만찬 행사에서 화려한 드레스를 입고 등장하기도 한다. 매일이 새로울 수밖에 없다.

2017년에 미국 캘리포니아에서 3개월 프로젝트 일을 한 적이 있다. 당시 미래창조과학부에서 열 군데 정도의 한국 스타트업을 선정해 각 회사 대표와 직원들이 'Draper University'라는 스타트업 엑셀러레이팅 기관에서 연수를 받도록 지원을 해주는 프로그램이었다. 미국 현지 투자자들과 교류하면서 스타트업의 생태계에 대해서도 처음 알게 되었고, 통역만 하는 역할에서 한 걸음 더 나아가 기업을 설명하는 IR*Investor Relation* 역할까지 하게 되었다. 그곳에 있는 한국인들은 현지 투자자들과 미팅 기회를 얻는 것 자체도 쉽지 않았다. 일단 투자자들의 관심과 호감을 사는 것이 중요했다. 한 번은 한 여성 투자자와 한국 직원들의 점심 식사에 동행했다. 화기애애한 분위기에서 점심을 먹으면서 이야기를 나누는 자리라 나도 크게 긴장하지 않고 통역했다. 그러다 그 투자자가 내가 입고 있는 옷과 네일 컬러가 마음에 든다며 관심을 보였다. 우리는 자연스레 여자 친구들끼리 수다를 떨듯 즐거운 대화를 이어갔고, 헤어질 때쯤엔 그가 다음 주에 있을 행사에 나를 초대하고 싶다고 말했다. 초대가 없으면 갈 수 없는 곳이었는데, 거물급 투자자로 알려진 사람들이 많이 오는 행사라 우리 프로그램의 사람들이 가고 싶어 했던 파티였다. 점심에 함께했던 한국 직원들은 그 투자자와 한 번 더 만날 기회를 얻었다며 고맙다는 인사를 여러 번 했다.

당일, 호텔에 도착하니 기대했던 것보다 더 성대한 파티에 놀랐다. 미드에서 보던 뉴욕의 상류층 파티 같았다. 스케일에 약간 주눅 들었지만 당당한 척하며 시끌벅적한 파티장으로 들어가 나를 초대해준 투자자를 찾았다. 각자 업계에서 한자리하는 친구들에게 둘러싸인 그는 그들에게도 나를 소개했다. 다들 친절하게 맞아주며 맛있는 칵테일과 디저트를 듬뿍 시켜주었다. 덕분에 새벽까지 이어진 파티에서 나도 신나게 즐길 수 있었다. 돌아오는 우버 안에서 그제야 한국 스타트업의 이야기를 전혀 하지 못했다는 것을 깨달았다. 단순히 놀러 간 것이 아니라 투자자들과 또 한 번의 미팅 기회를 얻어내야 하는 미션을 받고 간 건데 할 일을 못 한 것이다. 뒤늦게 걱정하고 있었는데 다행히 며칠 뒤 투자자에게서 전화가 왔다. 일전에 같이 점심을 먹었던 한국 스타트업에 관심이 있는 투자자 몇 명이 있는데 프레젠테이션을 준비할 수 있겠냐는 내용이었다. 그 소식을 듣는 순간 한국 직원들은 손뼉을 치며 기뻐했고, 그날부터 당장 같이 피칭^{Pitching}을 준비했다. 돌이켜 생각해보면 내가 그 파티에서 함께 어울리지 못하고 사업 이야기를 하려고 애썼다면 오히려 분위기를 망쳤을지도 모른다. 신나게 파티를 즐기면서도 투자자들은 나의 행동 하나, 말 한마디를 예리하게 관찰하고 있었고, 다행히 좋은 인상을 주었던지 투자 미팅으로 이어진 것이었다.

실리콘밸리에서는 무엇보다 네트워킹을 중요하게 생각하는 문화가 있다. 낮 동안 피칭이나 미팅을 잘 마치는 것도 중요하지만, 끝나고 이어지는 네트워킹 파티 때 다 같이 어울리는 과정에서 많은 일이 일어난다. 사업만 보는 것이 아니라 앞으로 장기적으로 투자 관계를 이어갈 수 있는 사람인지를 보는 것이다. 한국 사람들은 보통 영어도 자신이 없는 편이고, 서양식 파티 문화를 어색해하다 보니 친화력이 강점인 내가 파티에 어울리며 분위기를 완화해줄 때가 많았다.

피칭은 한국에서 수없이 통역을 하거나 직접 영어로 했던 프레젠테이션과는 또 달랐다. 현지 투자자들이 선호하는 스타일이 어느 정도 있었고, 참신하고 인상적이어야 했다. 주어진 시간도 엄격하게 지켜야 하고, 끝나고 이어지는 날카로운 질문들에 대응해야 하는 부담도 있었다. 한국 직원들과 일주일 넘게 밤을 새우다시피 하며 피치덱^Pitch Deck을 만들고, 수정을 거듭하고, 실제인 것처럼 시간을 재며 연습했다. 투자 유치가 걸려 있는 일이라 부담이 이만저만이 아니었다. 실리콘밸리에서는 크고 작은 피칭 행사가 아주 많은데, 나는 실전 연습이 필요하겠다는 생각에 가능한 많은 행사에 신청서를 보내서 직접 피칭 대회에 나갔다. 지리를 몰라 구글 맵에 의지해 이리저리 찾아다니며 행사에 참석하는 것이 때로는 겁도 났다. 그래도 지금이 아니면 겪어보지 못할 과정이었다.

사람들이 발품 파는 이유가 이런 것일까, 몸소 부딪치는 것만큼 기회를 얻는 것은 또 없다는 걸 배웠다. 자주 마주치는 투자자들에게서 먼저 연락이 와 같이 식사하기도 했고, 다른 행사에 추천받기도 하는 등 생각지 못했던 일들이 일어났다. 무엇보다 피칭 대회에 참석할 때마다 심사위원들이 해주는 크리틱들이 많은 도움이 되었고, 점점 나의 피칭 스타일도 기다듬어졌다. 미국에서 지내는 3개월을 누구보다 알차게 보내고 왔다고 자부한다. 누가 시킨 것도 아니고, 주어진 통역만 하고 돌아와도 전혀 문제없을 일이었다. 하지만 일부러 나 자신을 단련시켰다. 그 덕에 한국으로 돌아와서 영어 프레젠테이션 의뢰가 들어왔다. '실리콘밸리 현지에서도 피칭했는데, 뭘.' 하고 생각했다. 예전에는 클라이언트가 준 프레젠테이션 자료를 그대로 외워서 발표하기만 했다면, 이제는 내가 프레젠테이션의 전체적인 구조와 내용에 대해서도 능동적으로 의견을 제시해 클라이언트와 함께 논의하게 되었다. 프레젠테이션은 더욱 내 것이 될 수밖에 없고, 다행히 결과도 매번 좋았다. 통역사로서 내 일이 또 하나 늘어난 것이다.

의전 통역을 할 땐 눈썰미가 중요하다. 정상들의 동선까지 고려해 사전에 치밀히게 게획한 내로 움직이지 않으면 사고가 나고 만다. 경험이 없는 통역사들은 대통령이나 정상급 인사들의 수행 통역을 할 때 어디에 서야 할지 몰라 우왕좌왕한다. 통역하기 위해 회의장으로 들어가는 과정에서도 이리저리 왔다 갔다 하는데 그러다가는 의전팀이나 다른 수행원, 또는 경호원들과 동선이 부딪친다. 나도 처음엔 여러 번 실수했다. 시간이 지나 조금씩 노하우가 생기기 시작했다. 의전 행사 차량은 대부분 커다란 검은색 세단이다 보니 자신이 타야 할 차가 어떤 것인지 헷갈리기 쉽다. 그래서 언젠가부터 차 번호를 습관적으로 외우게 되었다. 중동 순방 출장을 갔을 때도 워낙 한국 대표단의 규모가 크다 보니 의전팀에서는 이동할 때마다 차량을 배치하느라 골머리를 앓았다. 내가 타는 차량도 매번 바뀌었다. 사람과 차량 모두 많아 혼선이 생길 뻔했는데 그럴 때 차 번호를 외워두는 습관이 도움이 되었다.

식사 때에도 생각보다 갑작스러운 질문이 많이 오간다.

조찬, 오찬, 만찬 등의 자리에서 외국 대표단 사람들이 꼭 물어보는 질문이 있다. 식사 장소의 창밖으로 보이는 큰 건물이 무엇인지, 청와대는 어느 방향에 있는지, 코스별로 나오는 음식에 대한 것들이다. 서울에 있는 대형 호텔들은 정상 행사를 할 때 영어가 적힌 메뉴판을 준비해둔다. 전날 호텔에 미리 전화해 영어 메뉴를 받아두고, 내일 요리에 사용될 재료들을 영어로 어떻게 말하는지 기억해두면 도움이 된다. 이렇게까지 준비해야 하나 싶지만 해야 한다. 한-콜롬비아 FTA 수석대표 회의가 끝나고 롯데호텔에서 오찬이 있었다. 7~8명 정도 참석하는 비교적 규모가 작은 자리였는데, 한 메뉴에 장식으로 꽃잎이 올려져 있었다. 외국 대표단 중 한 분이 이게 한국의 국화냐며, 한국의 국화가 무엇인지 물었다. 기습 질문에 당시 장관도 순간적으로 생각이 안 났던지 뒤쪽에 앉아있던 통역 담당 서기관에게 물었고, 서기관 역시 당황해 갑자기 사레가 들려 얼굴이 빨개진 채로 기침을 계속했다. 한참 기침하고 나서 재빨리 검색해 "Rose of Sharon"이라고 대답했던 해프닝이었다. 음식에 대한 질문은 반드시 나온다. 그래서 이제 식사 장소에 도착하면 창밖으로 보이는 큰 선물이나, 산의 이름, 남산이나 청와대의 위치를 파악해둔다. 테이블을 세팅하거나 서빙하는 직원들에게 물어보면 알 수 있다. 아주 중요한 내용은 아니지만, 아이스 브레이킹 차원에서 가벼운 질문을 했는데 대답을 제대로 하지 못해 오히려 분위기가 어색해지는 것을 피할 수 있다.

국회에서 개최된 국제행사에서 통역했을 때의 일이다.

에스토니아 대통령이 만찬에 참석하게 되었다는 소식을 듣고 행사 담당 의원실 직원들이 분주히 움직이기 시작했다. 대통령이 곧 도착한다는 무전을 받은 의원은 곧장 행사장 밖으로 나갔다. 의원과 대통령이 짧게 인사를 나눈 후 행사장으로 들어가는 데는 5분도 채 걸리지 않았지만 나는 그 옆에서 동선이 막히지 않게 움직여야 했다. 좀 더 잘 듣고 통역하려고 가까이 가면 경호원들이 바로 제지했다. 청와대 경호원보다 더 엄격한 것 같았다. 만찬사를 한 후, 다른 각국의 국회의원과도 이야기를 나눈 다음, 대통령은 곧장 다른 행사에 참석해야 해서 일어났다. 행사를 주최한 의원이 다시 차량까지 배웅을 나갔고, 나 역시 행사장에 들어올 때와 마찬가지로 따라가면서 통역했다. 의원은 이번 행사 자료를 보내드리겠다고 인사했고, 대통령은 "*I'll be looking forward to it.*" 하고 답했다. 나는 "고대하고 있겠습니다"라고 통역했다. 만찬장으로 돌아온 의원은 포디엄에서 내가 한 말 그대로를 인용하며 "에스토니아 대통령께서 고대하고 있겠다고 말씀하셨다"라고 이야기를 전했고, 이 말은 그대로 기사화되었다. 그날 만찬 행사는 무사히 잘 끝났고 의원도 흡족해했다. 사전에 리허설을 하지 못한 탓에 염려하고 있던 총괄 담당 비서관이 매끄러운 진행에 감사의 인사를 건넸다.

의전 행사에서 통역할 땐 단어 하나하나에 주의를 기울여야 한다. 내가 통역한 말이 바로 우리나라의 입장, 또는 상대국의 입장이 되어 기사화되기 때문이다. 특히, '협의'와 '합의'처럼 비슷한 단어지만 확연히 의미가 다른 단어를 잘못

통역하면 외교 문제로 불거질 수도 있다. 양자 회담이 끝나면 양국 대통령이 기자회견장으로 들어와 기자들의 질문을 받기 전에 모두 발언을 한다. 한일 외교 장관 회의가 끝나고 우리 외교부 장관과 일본 외무상이 기자들 앞에서 모두 발언을 했는데, 당시 외교부 장관은 '협의'라는 단어를 열 번 정도 말하고 마지막에 딱 한 번 어떤 사항에 대해서는 '합의'했다고 발표했다. 즉, 앞서 말한 사항들에 대해서는 합의가 이루어지지 않은 채 협의한 것만으로 끝이 났고, 마지막 하나의 사항에 대해서만 합의가 이루어졌다는 것이다. 물론 일본어로 통역되어 내가 알아들을 수는 없었지만, 이럴 경우 합의되지 않은 사항에 대해 합의가 되었다고 통역이 되거나, 또는 그 반대로 합의한 사항에 대해 단순히 협의했다고 통역되었다면 민감한 외교 문제로 이어졌을 것이다.

영어 MC를 할 땐 화려한 모습으로 큰 무대 위에서 청중들의 시선을 끌고, 법정 통역을 할 땐 최대한 어두운색 정장을 입고 수수한 차림으로 증인석에 앉아 통역한다. 실리콘밸리에서는 청바지에 티셔츠를 입고 운동화를 신은 채 투자자들 앞에서 자유분방한 모습으로 피칭을 했지만, 의전 행사를 할 땐 무릎이 보이지 않는 단정한 치마 정장을 입고 발뒤꿈치가 드러나지 않는 구두를 신는다. 겉모습뿐만 아니라 상황에 맞게 통역 스타일도 달라지고 요구되는 자질도 제각각이다.

매번 새로운 모습으로 변신할 수 있는 적응력, 유연함,

이 모든 것 또한 통역사에게 요구되는 능력일 것이다. 통역사가 통역만 잘하면 되지 어떻게 이를 다 갖추냐고 푸념할 수도 있다. 하지만 프리랜서 통역사로 활동하는 동료들을 살펴보면 공통점을 발견할 수 있다. 새로운 일을 두려워하지 않고 시도해보는 것을 좋아하고, 새로운 분야에 대해 공부하고 알고 싶어 하는 학구열과 지적 호기심이 풍부하다. 진취적이고 능동적이다. 그러다 보니 이러한 변신을 어려워하기보다는 오히려 즐기는 통역사들이 많다. 나 또한 마찬가지나.

내게 주어진 일들을 놓치지 않고 싶은 욕심에 내 것으로 만들어내려고 노력해왔다. 다른 사람이 아닌, 다른 통역사가 아닌 내가 함으로써 멋있는 일이 되도록 만들고 싶었다. 사람이 멋지다면 그가 하는 일도 매력적으로 느껴진다고 믿기 때문이다. 지난 10년에 이어 앞으로 펼쳐질 날들도 스스로 단단해지고 다져진 모습이 되길 바란다.

통역사의 길을 걷으려 한다면

단순히 겉으로 드러나는 말뿐만 아니라,

서로 다른 문화적 차이 등 쉽게 보이지 않는

맥락에 대한 이해가 수반되어야 한다.

말하는 사람의 문화와 듣는 사람의 문화 차이를

충분히 알고 그들 가운데서 적절히 조율해 말을

전달하는 것 또한 통역사가 해야 하는,

그리고 통역사만이 잘할 수 있는 일이다.

가치는 스스로 만든다

Three ▶ "지위가 없음을 근심하지 말고, 그 자리에 설 수 있는 능력이 있는지를 근심하라."

변호사 지인이 페이스북에 공자의 글을 인용했다. 마치 내게 하는 말 같아 뜨끔했다. 프리랜서로 일하기 시작했을 무렵, 인하우스로 일할 때는 느껴보지 못했던 부러움을 느꼈다. 프리랜서 특성상 한 치 앞도 모르게 너무 다양한 분야와 형태의 일을 하게 되고 일이 들어오는 경로도 제각각이다 보니, 내가 아직 해보지 못한 일이거나 꼭 하고 싶었던 일인데 내게는 기회가 오지 않고 다른 통역사가 하는 것을 보면 부럽기만 한 것이다.

프리랜서 시장은 밥그릇 싸움이었다. 그러다 보니 일을 따내기 위해 통역료를 터무니없이 낮춰 받는 통역사도 있어, 정해진 요율대로 정직하게 통역료를 청구하는 다른 통역사들이 피해를 보는 일도 많이 보았다. 같은 통역사로서 부끄러운 일이다. 나도 프리랜서 경력이 거의 없던 초반에는 통역료를 낮게 받아서라도 일을 많이 해서 경력을 늘려야 하나 수없이 갈등했다.

시간이 흐르면서 그게 얼마나 어리석은 생각이었는지 깨닫게 되었다. 통역료가 나의 경쟁력이 되어서는 안 된다. 통역료를 낮춘다는 것은 그 외에 내가 내세울 만한 것이 아무것도 없다는 것을 스스로 증명하는 셈이다. 즉, 클라이언트 입장에서 꼭 내가 아니어도 되기 때문에 최대한 예산을 적게 쓸 수 있는 통역사를 고르도록 만드는 것이 된다. 프리랜서로서도 연차가 쌓이면서 낮은 통역료를 제시하는 클라이언트나 에이전시에 더 이상 휘둘리지 않게 되었다. 내 가치는 스스로 만들어나가야 한다. 나를 필요로 하도록 만들면 통역료를 흥정하는 일은 애초에 없다. 반드시 나여야 하는 클라이언트들은 내가 청구하는 통역료를 맞춰주기 위해서 없는 예산도 만들어낸다는 것을 깨달았다.

늘 하고 싶었지만 좀처럼 기회가 잘 오지 않았던 일이 영어 방송이었다. 아리랑 *TV* 또는 라디오, 그리고 *TBS eFm*과 같은 영어 방송을 해보고 싶었다. 오디션도 여러 번 봤지만 아쉽게도 결과는 좋지 않았다. 오디션을 보고 총괄 *PD*의 좋은 평가를 받아 같이 방송해보자는 제안을 받았는데 취소할 수 없는 다른 일과 일정이 겹쳐 눈물을 머금고 포기해야 했던 적도 있었다. 게스트로 하루 출연할 기회가 있어 40여 분 넘게 라디오 생방송을 하고 나서 제작진이 내 목소리 톤이 뉴스에 잘 어울릴 것 같다며 다음 개편 때 다시 연락을 주겠다고 했다. 기대에 부풀어있었는데 결국 내부 상황으로 새로운 사람을 투입하기가 어렵게 되었다는 이야기를 들었다. 이

인생도 통역이 되나요

쯤 되면 마음을 접는 게 현명한 일인 것만 같았다.

　욕심을 내려놓던 중, 판문점 동시통역을 한 다음 날이었다. 평소에 알던 영어 라디오 방송작가에게서 연락이 왔다. 다음 주에 방송에 출연해 정상회담 동시통역을 했던 것, 그리고 평소에 법정에서 통역하며 겪었던 에피소드를 이야기해주면 좋겠다는 것이었다. 포기하려던 찰나 뜻밖에 찾아온 기회였다. 스튜디오에 가보니 예전에 오디션을 보고 같이 방송을 해보자고 했던 그 *PD*님이 있었다. 방송을 마치고 나오니 "오디션 때보다 더 잘하네?" 하며 다음에 또 보자고 했다. 그 뒤로는 굳이 오디션이 있는지 찾아보거나 한 번이라도 출연해보고 싶어 애쓰던 노력을 자연스레 하지 않게 되었다. 이따금 출연 제의가 오면 열심히 준비해가서 기분 좋게 끝내고 미련 없이 돌아왔다. 오디션 제안을 받아서 찾아가더라도 내가 프로그램의 성격과 잘 맞지 않을 수도 있고, 같은 제작진의 다른 프로그램을 소개받아 방송에 출연할 수도 있는 것이었다. 주어진 일에 충실하면 기회는 언젠가 찾아온다. 내가 법률 분야의 일을 많이 하고, 국제법 공부도 하는 것 등 다른 출연자와 차별화되는 전문성이 있으니, 나의 관점이 필요한 주제의 방송에 출연해주면 좋겠다는 제안을 *PD*에게서 먼저 받기도 한다.

　프리랜서 초반에는 통역사라는 사실 외에는 나의 분명한 색깔이 있지도 않았고, 다른 통역사들에 비해 특출나게 눈에 띄는 점도 없었다. 그러다 보니 영어 방송에 출연하고자 하는 많은 지원자 중에 굳이 내가 선택될 이유가 없었던 것이다. 억지로 잡으려 할 땐 되지 않던 일이었는데 내 분야와 색깔이 비교적 분명해진 지금은 오히려 생각지 못했던 제안들을 많이 받는다. 그리고 이 방향이 더 자연스러운 것이라는 것을 알게 되었다.

프리랜서 통역사들은 분야에 제한을 두지 않지만 그중에서 자신만의 특화된 분야가 있는 통역사들도 있다. 나의 경우 법률인 것이다. 색깔이 짙어지다 보니 법률 분야의 일을 의뢰받는 비중이 압도적으로 크다. 장단점이 있겠지만, 나의 경우 전문 분야가 뚜렷한 것이 장점으로 작용할 때가 훨씬 더 많았다. 단적인 예로, 내게 법률 분야의 통역이나 번역을 의뢰하면서 통역료를 흥정하려는 클라이언트는 이제 없다. 간혹 있다면 정중히 거절하면 그만이다. 내게 찾아온 뜻밖의 기회들은, 내가 분야를 가리지 않고 무조건 더 많은 일을 하려고만 했다면 절대 오지 않을 것들이었다. 그저 '일정이 가능한 통역사'를 찾는 것이 아니라 '정다혜 통역사'를 찾는 일들이 늘어나면서 내게 맞춰 자신들의 스케줄을 변경하거나, 심지어 이미 하기로 되어있던 다른 일을 취소할 수 있다면 그 취소 수수료까지 낼 테니 자신들의 일을 맡아달라고 하는 클라이언트도 있다. 내 분야를 개척해가면서 법률이라는 테두리 안에도 세부적으로 서로 다른 형태의 일들이 있다는 것을 알게 되었고, 새로운 일들을 마주할 때마다 또다시 실수하고 부딪히고 배우며 내공을 쌓는다.

통역 시장도 빠른 변화를 거듭하고 있다. 예전에 비해 통역사에게 요구되는 전문 지식의 수준도 훨씬 높아졌다. 다수의 통역사가 저마다 관심 있는 분야에 대해 공부하는데, 그 열의가 깊어 애초의 목적이 그게 아니었는데도 자격증이나 학위까지 취득하기도 한다. 글로벌 회계 시험인 *AICPA* 자격증이 있는 통역사도 있고, 통번역이 아닌 다른 분야의 박사학위를 가지고 있는 통역사들도 있다. 동료들끼리 만나면 저마다 요즘 어떤 공부를 하고 있는지 이야기하느라 시간 가는 줄 모른다. 그만큼 전문 지식을 깊이 있게 알지 못하면 좋은 통역을 하기가 어려워졌다. 그러다 보니 어느 순간 한 분야에 대해 흥미를 느껴 통역사를 그만두고 그 분야의 전문가가 되는 사람도 있고, 통번역사로 활동한 경험을 토대로 국제기구나 국내 대기업의 해외 홍보팀으로 진출하는 등 새로운 진로를 개척해나가는 통역사들도 많다.

통역사의 전망에 대한 질문을 많이 받는다. 애초에 질문이 잘못되었다고 생각한다. 내 가치를 스스로 만들어나가야 하듯 내 앞길도 스스로 개척해나갈 수 있어야 한다. 전망을 걱정한다는 것은 내 인생 설계에 대한 주도권을 시장에 맡긴 채 변화하는 환경에 의해 수동적으로 휘둘리겠다는 것을 뜻한다. 4차 산업혁명, 그러니 이슈 등 변수는 언제나 생기기 마련이다. 이는 통역의 형태도 빠르게 변화할 것을 요구한다. 유연성과 뛰어난 커뮤니케이션 능력은 통역사들이 공통적으로 가진 강점이다. 마냥 전망이 어두울 것을 걱정하고 한탄할 것이 아니라, 자신이 지닌 유연한 태도와 사고로 바뀌어가는 환경에 발 빠르게 적응해나가면 어떨까. 또 분야를 막론하고 필요한 커뮤니케이션 능력을 활용해 도전하고 싶은 새로운 일에 한 걸음 더 나아가는 시도를 해본다면, 통역사들에게는 무한한 가능성이 열려있다는 것을 발견하게 될 것이다.

연구원, 국제기구, 정부 기관, 로펌, 그리고 국내 및 미국 법원에 이르기까지 법률을 다루는 여러 기관의 일을 하면서 어느 것 하나 쉽게 얻은 것은 없었다. 매번 새로 부딪히고 깨져야 했다. 문서의 문장 하나 번역을 두고 검찰 조사를 받을 뻔했고, 소가가 3억이 넘는 손해배상 소송을 겪어보기도 했다. 유엔 공식 문서에 단어 하나 잘못 썼다가 태국 검찰에서 걸려온 전화에 눈물 쏙 빠지게 혼나기도 했고, 데포지션 통역을 하다 'all'이라는 단어 하나 놓칠 뻔해서 내가 실수했더라면 수십조 원이 걸린 소송에서 우리 측에 얼마나 불리하게 작용할 수 있었는지를 깨닫고 잔뜩 겁을 먹기도 했다. 하지만 이 시간이 쌓여 자산이 되고 앞으로 나아갈 힘이 되었다. 세상을 바라보는 시각도 더 넓어졌고, 해를 거듭할수록 나라는 사람은 특별할 것 하나 없으며 여러 면에서 부족한 점이 많다는 사실을 깨닫았다. 그리고 나시금 겸허한 자세로 들아올 수 있었다. 이는 동시에 앞으로 더 배우고 채워나가야 할 것들이 아직 많이 남아있다는 것을 뜻할 것이다.

2008년 미국산 쇠고기 수입 협상과 관련해 논란이 있었을 당시 "…*meat establishment may be suspended*"라는 문장이 주권 침해 주장의 근거가 될 수 있다는 것을 밝혀낸 것은 국제법 학자들이었다. 2016년 발효한 한-콜롬비아 FTA 협상 과정에서 조약문에 콤마를 정확히 사용해 문장의 수식 관계를 명확히 해야 한다는 나의 주장에 부연 설명 없이도 곧바로 동의한 것도 외교관이 아닌 콜롬비아 측 변호사들이었으며, 2016년 한미 우주협력협정 교섭 과정에서 '국가'를 뜻하는 단어인 'State'와 'country' 중 어느 것을 사용하는 것이 적절한 지에 대해 설명한 것도 언어 전문가가 아닌 법률 전문가들이었다.

국익을 위한 일을 하고 싶었던 나의 막연한 이상이, 언어 해석 능력이 중요한 부분을 차지하는 국제법 공부를 하면서 조금씩 구체화되고 있다. 언어만을 전달하는 일에서 한 걸음 더 나아가 이제는 깊은 식견으로 내 의견을 주체적으로 구성할 수 있는 법률가가 되기 위한 새로운 도약을 준비하고 있다. 다채로웠던 지난 10년을 밑거름 삼아 앞으로의 10년은 국제법학자가 되기 위한 길을 걸어가 보려고 한다.

통역사의 전망에 대한 질문을 많이 받는다.

전망을 걱정한다는 것은 내 인생 설계에 대한

주도권을 시장에 맡긴 채 변화하는 환경에 의해

수동적으로 휘둘리겠다는 것을 뜻한다.

유연성과 뛰어난 커뮤니케이션 능력은

통역사들이 공통적으로 가진 강점이다.

이 능력을 활용해 도전하고 싶은 새로운 일에

한 걸음 더 뻗어나가는 시도를 해보자.

인생도 통역이 되나요

제대로, 유연하게 언어보다 중요한 진심을 전합니다

초판 1쇄 인쇄 2020년 7월 17일
초판 1쇄 발행 2020년 7월 25일

지은이　　　　정다혜
펴낸이　　　　이준경
편집장　　　　이찬희
총괄부장　　　강혜정
편집　　　　　이가람, 김아영
디자인팀장　　정미정
디자인　　　　정명희
마케팅　　　　정재은
펴낸곳　　　　지콜론북

출판 등록　　2011년 1월 6일 제406-2011-000003호
주소　　　　　경기도 파주시 문발로 242 3층
전화　　　　　031-955-4955
팩스　　　　　031-955-4959
홈페이지　　　www.gcolon.co.kr
트위터　　　　@g_colon
페이스북　　　/gcolonbook
인스타그램　　@g_colonbook

ISBN　　　　978-89-98656-99-7 03810
값　　　　　　13,000원

이 도서의 국립중앙도서관 출판예정도서목록(CIP)은
서지정보유통지원시스템 홈페이지(http://seoji.nl.go.kr)와
국가자료종합목록 구축시스템(http://www.nl.go.kr/kolisnet)에서 이용하실 수 있습니다.
(CIP제어번호 : CIP2020029157)

잘못된 책은 구입한 곳에서 교환해 드립니다.
지콜론북은 예술과 문화, 일상의 소통을 꿈꾸는 ㈜영진미디어의 출판 브랜드입니다.